Jaques Buval

Der Kannibalenclan

JAQUES BUVAL

DER KANNIBALENCLAN

Der Autor

Jaques Buval, 1942 in München geboren, arbeitete lange Jahre als Autor für das Fernsehen. 1996 erhielt er den Autoren-Fernsehpreis. Seit zehn Jahren schreibt er über die Serienmörder unserer Zeit. Sein Buch »Der Rucksackmörder« erschien 2000 im Weltbild Verlag.

Bildnachweis

Alle Fotos aus dem Besitz des Autors.

Impressum

Es ist nicht gestattet, Abbildungen und Texte dieses Buches zu digitalisieren, auf PCs oder CDs zu speichern oder auf PCs/Computern zu verändern oder einzeln oder zusammen mit anderen Bildvorlagen/Texten zu manipulieren, es sei denn mit schriftlicher Genehmigung des Verlages.

Weltbild Buchverlag
© 2001 Weltbild Verlag GmbH, Augsburg
Alle Rechte vorbehalten

Projektleitung: Dr. Ulrike Strerath-Bolz
Redaktion: Dr. Thomas Rosky
Umschlaggestaltung: Peter Gross, München
Innenlayout/Satz: Uhl + Massopust, Aalen
Druck und Bindung: Ebner Ulm

Gedruckt auf chlorfrei gebleichtem Papier

Printed in Germany

ISBN 3-89604-523-7

INHALT

Vorwort von Dr. Christoph Paulus,
Universität des Saarlandes 7
Die Heimat des »Sibirischen Tigers« 13
Die Kinder der Stadt 27
Saschas erstes Opfer: seine Verlobte 41
Der Fund am Ufer 47
Wasserrohrbruch 61
Die einzige Überlebende 73
Die Suche nach den drei Hauptverdächtigen 79
Nadeschda Spesiwtsew, 36 Jahre 87
Saschas erstes Verhör 95
Die Vernehmung von Mutter und Sohn 101
Saschas Mutter gräbt nach Leichenteilen 113
Besuch im Lager 121
Saschas Geständnis 131
Saschas Mutter im Lager 153
Was übrig blieb 161
Epilog 167

Vorwort

Sehr geehrter Leser, sehr geehrte Leserin,

eigentlich sollten Sie hier bereits aufhören zu lesen, denn es erwartet Sie ein Blick in die Hölle. Es erwartet sie ein Grauen, das real ist und Sie nicht mehr schlafen lassen wird. Sie werden glauben, die fiktiven Figuren eines Stephen King oder Clive Baker seien Wirklichkeit geworden. Dabei ist die Wirklichkeit viel grauenvoller als jeder Roman: Wir sehen, was aus einem wehrlosen Menschenkind werden kann – der größte Feind des Menschen ist eben der Mensch.

Welche Ungerechtigkeit verbirgt sich hinter der Tatsache, dass einem Kind seine Gefühle für Liebe und Geborgenheit so früh genommen werden und es deshalb sein Leben lang in einer Welt der Angst, der Gewalt, der Bedrohung leben muss? Im Kopf und damit in der individuellen Wirklichkeit des hier von Jaques Buval beschriebenen Serienmörders Sascha Spesiwtsew entwickelte sich daraus eine Welt, in der er selbst sein einziger Bezugspunkt wurde, in der Gewalt als Mittel der Strafe und der Überlegenheit regiert und in der Menschen wie Hunde erzogen werden müssen, mit den gleichen Mitteln.

Jede Äußerung des Schmerzes seiner Opfer, jede Träne empfand dieser Mann als Angriff gegen sich selbst und reagierte dementsprechend mit »Strafe«. Dieses Verhalten ist leider häufig bei Menschen anzutreffen, die als Kinder selbst misshandelt wurden. Ihnen fehlt die Fähigkeit zur Empathie, also die Fähigkeit, Mitgefühl zu entwickeln und zu erkennen, dass andere Menschen andere, eigene Gefühle besitzen. Häufig finden sich in den Aussagen von Sascha Spesiwtsew solche falschen Einschätzungen, z. B. wenn er glaubt, seine Opfer hätten die Vergewaltigungen auf irgendeine Weise genossen. Damit geht eine Entmenschlichung der Opfer einher, mit dem Resultat, dass die Opfer lediglich noch den Status eines Hundes oder eines Spielzeuges erhalten.

Diese absolute Gefühlskälte ist eine fast zwingende Folge extrem schlechter Sozialisation. Sascha Spesiwtsew wurde von seinem Vater bereits als Kleinkind häufig geschlagen, und er musste zusehen, wie seine kleine Schwester vom Vater vergewaltigt wurde. All dies geschah, ohne dass die Mutter, die ja die ursprünglichste und tiefste Schutzfunktion in der Entwicklung eines Kindes besitzt, eingriff, aus Angst, selbst geschlagen zu werden. So lernte der kleine Sascha, dass Schläge und Gewalt ein legitimes Mittel der Stärke und der Überlegenheit darstellen, ja sogar des Selbstschutzes, denn der Stärkere braucht keine Bedrohung mehr zu fürchten.

Sascha Spesiwtsew ist der alleinige Maßstab seiner Welt, sein Wille ist Gesetz, und seine Wünsche diktieren sein Leben. Dieser Mensch ist nicht krank, er ist das Produkt seiner Erziehung und seiner Umwelt, er ist zu einem Teufel in Menschengestalt erzogen worden.

Für einen solchen Menschen Verständnis zu zeigen fällt enorm schwer. Warum sollte man überhaupt versuchen zu verstehen, weshalb ein Mensch Kinder quält, misshandelt und auf grausame Art und Weise tötet? Genügt es nicht, Mörder an die Wand zu stellen und damit dem Grauen ein für alle Mal ein Ende zu bereiten?

Es genügt nicht. Zwar werden damit die tief im Menschen verwurzelten Rachegelüste befriedigt, aber die Wurzeln des Übels treiben weiter Blüten. Solange wir nicht lernen, dass Kinder die zukünftige Gesellschaft bilden und dass unser Handeln uns weitaus mehr Macht und Einfluss auf die Persönlichkeitsentwicklung unserer Kinder verleiht, als wir uns eingestehen wollen, so lange wird es immer wieder Mörder und Gewalt geben.

Dieses Buch ist nur vordergründig eine Dokumentation des Grauens; eigentlich geht es vielmehr darum, die Abgründe der menschlichen Seele zu erkunden und zu erklären. Aber wer kann schon erklären, was man kaum verstehen kann?

Jaques Buval liefert keine fertigen Erklärungen, er liefert Fakten. Fakten, die so grausam sind, dass man sich überwinden muss, das Buch zu Ende zu lesen, dass man die gequälten Kinder schreien und weinen hört und sie in ihrer Angst zusammengekauert in der Ecke sitzen sieht, mit dem Teufel konfrontiert und ohne jede Chance auf Flucht oder Erlösung. Aber genau dies war auch die Welt des Täters als Kind. Er musste lernen, dass es keine Liebe, keine Freude gibt, und kann sie deshalb nicht weitergeben.

Damit wir uns nicht missverstehen: Niemand kann die Taten eines solchen Mörders entschuldigen oder verharmlosen; er handelte im vollen Bewusstsein über Recht und Unrecht und muss deshalb seiner gerechten Strafe zugeführt werden. Aber nochmals: Damit wird das Problem nicht gelöst, das in der Unmenschlichkeit der Umwelt besteht.

Sascha Spesiwtsew ist nur einer in der langen Reihe der Serienmörder, die dieses Schicksal fast zwangsläufig ereilt: Jürgen Bartsch (vier Morde), Edmund Kemper (sieben Morde), Leszek Pekalski (ein bis ?? Morde), Dennis Nielson (fünfzehn Morde) oder Jeffrey Dahmer (siebzehn Morde). Allen gemeinsam ist das Motiv, aus einer nie erfahrenen Suche nach Geborgenheit zu handeln – mit dem Bestreben, jemanden ganz für sich alleine zu haben, die eigenen Wünsche befriedigen zu können und sich so unbedroht geliebt zu fühlen. Dass dies in eine derart »mörderische Suche nach Liebe« ausartet, liegt an der missglückten Persönlichkeitsentwicklung der Täter.

Der Kannibalismus, der von der Familie Spesiwtsew praktiziert wurde, muss vor dem besonderen kulturellen Hintergrund gesehen und beurteilt werden. Käme ein solcher Fall in Westeuropa vor, lägen die Dinge ganz anders. In Osteuropa sind Fälle von Kannibalismus so häufig, dass sie dort kein großes Aufsehen erregen. Dadurch ist dieses Gespenst auch viel fester in den Köpfen der Menschen verankert, als dies in West- und Mitteleuropa der Fall ist.

Andrej Tschikatilo, einer der »berühmtesten« Serienmörder Russlands, berichtete: »Ich hungerte bis zum zwölften Lebensjahr, als ich mich das erste Mal an Brot satt aß. Mein Vater und meine Mutter wären 1933/34 fast verhungert. 1933 verloren sie ihren ältesten Sohn, meinen Bruder Stepan Romanowitsch, den vor Hunger verzweifelte Menschen aufgegriffen und gegessen hatten.« Der Wahrheitsgehalt dieser Geschichte ist durchaus umstritten, ja es ist nicht einmal erwiesen, dass Tschikatilo überhaupt einen Bruder hatte, aber das Kannibalismusthema taucht auch in den Geständnissen anderer Serienmörder immer wieder beiläufig auf.

Geneigter Leser, Jaques Buval zeigt ihnen eine Tür zur Hölle Mensch. Versuchen Sie also, einen Blick hinter die Abgründe der menschlichen Seele zu werfen, begeben Sie sich auf die Reise ins Dunkel, und hoffen Sie, zu den Glücklichen zu gehören, die von dort wieder zurückkehren.

Im Januar 2001
Dr. Christoph Paulus
UNIVERSITÄT DES SAARLANDES
Erziehungswissenschaftler

▌Die Heimat des »Sibirischen Tigers«

Sascha Aleksander Spesiwtsew, von der Bevölkerung mit dem Beinamen »Sibirischer Tiger« bedacht, verbringt sein armseliges Dasein seit seiner Verhaftung in der Strafanstalt seiner Heimatstadt Nowokusnezk. Nowokusnezk, eine russische Stahlstadt mit 600.000 Einwohnern, liegt im tiefen Sibirien. Es ist ein Ort wie viele, die vom neuen russischen Kapitalismus nicht profitiert haben.
Die Menschen, die hier leben, sind den Machthabern einer neuen gesellschaftlichen Hierarchie, einem nicht funktionierenden Rechtssystem mit bestechlichen Beamten ausgeliefert. Seit Jahren wird ihr Elend zunehmend größer. Viele haben seit Monaten keinen Lohn mehr erhalten.
Die Zeit, als die riesigen Stahlwerke und Fabriken noch genug Arbeit boten, ist nur noch Erinnerung. Einst gab es eine einigermaßen funktionierende Wirtschaft und rege Märkte. Stattdessen nimmt nun die Zahl der Kreditbüros zu, die wie die Pilze aus dem Boden schießen.
Auch für die hier lebenden Beamten und Funktionäre hat sich vieles geändert. Nur noch matt glitzern die Sterne an ihren schäbigen Uniformen. Sie sind das Letzte, was ihnen aus vergangenen Zeiten geblieben ist. Längst ist vergessen, dass jeder einzelne Stern an ihren abgewetzten Uniformen einst Macht über Menschen bedeutet hat, Macht, die die kleinen Leute in dieser Stadt zu spüren bekamen. Das große Gehabe aus vergangenen glorreichen Tagen ist einer außergewöhnlichen Demut und Zurückhaltung gewichen. Ihre Taschen, die früher prall mit Schmiergeldern gefüllt waren, sind heute genauso leer wie der Staatssäckel. Die Unterwelt Sibiriens hat es nicht mehr nötig, Beamte und Funktionäre, die Parasiten der vergangenen Zeit, mit Geschenken zu überhäufen. Die Unterwelt selbst ist heute

mächtiger denn je. Zu groß ist ihre Macht von Moskau aus, und zu gefürchtet ihre Handlanger. Eine Drohung dieser Leute an die Familie eines Funktionärs ist heute eine schnellere und billigere Erfolgsgarantie, wenn es gilt, eine außergewöhnliche Genehmigung zu erlangen.
Längst haben die ehemals Begünstigten es gelernt, sich den wirklichen Machthabern dieses Landes zu unterwerfen, die Augen vor Korruption zu verschließen, um wenigstens einen Krümel vom großen Kuchen zu erhalten, den sie früher selbst genüsslich verschlungen haben. Ihre Frauen sind nicht mehr so herausgeputzt und benutzen auch keine französischen Parfüms mehr. Der Haushaltskittel, so wie ihn die Nachbarin trägt, ist die Haute Couture dieser wohlhabenden Frauen aus vergangenen Tagen geworden. Die Zeit ist vorbei, in der man sich noch über den schiefen Rücken einer Bäuerin lustig machen konnte. Heute ist man froh, von diesen früher »ach so armen Frauen« wenigstens ein paar Kartoffeln zu bekommen.
Niemand wagt es, sich den neuen Herren des Landes in den Weg zu stellen. Jedes Jahr verschwinden hunderte von Menschen spurlos, und niemand versucht, die verschollenen Seelen zu finden.
Es gilt einzig und allein, zu überleben, Brot für das Morgen zu haben und Brennstoff für die langen, harten Wintermonate zu organisieren. Wehe dem, der im Winter nicht genügend Heizmaterial in seinem Keller hat. Aber es gilt nicht nur, die horrende Kälte, oft bis zu fünfzig Grad unter Null, zu überstehen. Es gilt vielmehr, gegen alle Unzulänglichkeiten, die diese schweren Wintereinbrüche mit sich bringen, gewappnet zu sein. Die Wasserversorgung ist häufig unterbrochen. Oft sind die Rohre eingefroren, und es vergehen Tage, bis die Leitungen wieder frei sind und der Schaden behoben ist. Fast täglich fällt in einem der Stadt-

bezirke von Nowokusnezk für viele Stunden der Strom aus. Am stärksten aber wirken sich die Hemmnisse auf die Landbevölkerung aus. Wer nicht genügend Lebensmittelvorräte gesammelt hat, wird die Wintermonate nicht überleben. Die alten Holzhäuser sind oft über Monate hinweg von der Außenwelt abgeschnitten.

Der Schwarzmarkt blüht, so wie in anderen Ländern nach einem verlorenen Krieg. Man stiehlt aus den regierungseigenen Betrieben, was nicht niet- und nagelfest ist. Wen wundert es, wenn aus einem maroden Stahlwerk nachts Rohre entwendet werden und tags darauf keine Produktion mehr möglich ist? Neue Rohre gibt es nicht, also müssen die gestohlenen zurückgekauft werden. Nur haben diese in der Zwischenzeit längst den Besitzer gewechselt, und ihr Preis hat sich in dieser einen Nacht gegenüber neuem Material um das Zehnfache erhöht.

Ein Beamter erzählt

Ein kleiner Beamter der Stadt beschreibt die neuen Herrscher dieses Landes vielleicht richtig: »Wissen Sie, über die angeblich so große Macht der italienischen Mafia können wir hier nur lachen. Glauben Sie mir eines, im Vergleich mit der hier etablierten Unterwelt ähnelt die italienische Mafia eher einem katholischen Knabenchor. Alles, was sich in den Weg stellt, wird aus dem Weg geräumt. Ungezählt sind die unschuldigen Kreaturen, deren Leiber verscharrt im Boden dieses Landes ruhen.«

Traurigen Blickes stapft er mit seinen abgewetzten Pantoffeln über die Straße. Der eisige sibirische Wind bläst ihm ins Gesicht. Leise summt er eine alte russische Volksweise vor sich hin, eine Melodie voll endloser Wehmut. Reformen wurden ihnen versprochen, doch geändert hat sich nichts. Die Kommunisten, denen viele heute nachtrauern, hat man verjagt.

»Wir haben unschätzbare Werte in diesem Boden«, fährt der Mann fort und deutet mit geballter Faust auf den Boden seiner Heimaterde. »Doch niemand will sie mehr zu Tage fördern. Fahren Sie nach Surgut, Canty-Mansisk oder nach Schaim, und sehen Sie sich die Erdölförderungsanlagen einmal an. Alles veraltet, verrostet und defekt. Das in die Rohre gepumpte Öl versickert zu siebzig Prozent wieder in der Erde, weil die Leitungen leck und undicht sind. Sehen Sie sich die riesigen Seen von gefördertem Erdöl an. Ganze Landstriche wurden zu unbrauchbarem Boden, der niemals mehr bestellt werden kann. Längst gibt es hier keinen Tag mehr, tags ist es fast genauso dunkel wie nachts. Viele Quadratkilometer weit ziehen riesige schwarze Rauchschwaden über den Himmel, unter dem längst keine Menschen mehr leben können.

Die Transsibirische Eisenbahn, einst gebaut, um die gewonnenen Güter in das Land zu bringen, was ist aus ihr geworden? Eine Touristenattraktion. Wir könnten eines der reichsten Länder der Erde sein, wenn diese Bodenschätze nur genutzt würden. Betrachten Sie die riesigen Erdgastürme. Doch das Gas strömt nicht durch die Leitungen in das Land – das meiste verpufft in den Himmel. Dutzende von Goldbergwerken, die enorme Gewinne und Devisen in dieses Land brachten, wurden geschlossen. Heute glaubt man sich in eine amerikanische Goldgräberstadt von vor hundert Jahren versetzt, sieht man die vielen Menschen, die wegen der kaputten Maschinen noch wie in der Steinzeit nach dem Gold schürfen, um dann doch letztendlich von cleveren Käufern um den Lohn ihrer Arbeit gebracht zu werden.

Das westsibirische Tiefland ist voller Bodenschätze, doch

das kümmert die Herren von Moskau nicht. Allein hier in der Umgebung von Nowokusnezk, im Kusbass-Kohlenrevier, gibt es circa zwanzig Bergwerke. Mit dem Bergbau wurde im Jahre 1851 begonnen, doch erst der Bau der Transsibirischen Eisenbahn am Ende des 19. Jahrhunderts brachte den Aufschwung, der inzwischen wieder zum Erliegen kam. In Taschtagol befindet sich das größte Eisenvorkommen dieses Landes. Die ganze Welt könnte damit beliefert werden. Doch die Arbeiter bekommen keinen Lohn. Wer will ihnen verdenken, dass sie lieber zu Hause bleiben? Immer mehr Stollen stürzen ein, und immer mehr Menschen flüchten in die Großstädte. Das ist unser Sibirien oder das, was aus ihm geworden ist.«

Seit den siebziger Jahren des 20. Jahrhunderts hat sich viel verändert in den vormals bevorzugten Industrie- und Bergbaugebieten, die Siedler und Landwirte angelockt haben. Damals, in den siebziger Jahren, waren auch die Bedingungen für die Landwirtschaft viel versprechend. Es gab noch fruchtbare und kräftige Wiesen. Das am dünnsten besiedelte Gebiet der Sowjetunion orientierte sich an den Eisenbahnlinien und den industrialisierten Marktstädten und Häfen. Der Transsibirischen Eisenbahn kam besondere Bedeutung zu. Längs dieser Bahnlinie liegen noch heute kleine Holz verarbeitende Betriebe. Holz, das Gold dieses Landes, zumindest für den Durchschnittsbürger. Die steil zum Himmel ragenden mächtigen Tannen sind das einzige Kapital dieser armen Dorfbewohner. Sie bringen Arbeit und Lohn, der aber schon seit Jahren nicht mehr bezahlt wird. So arbeiten sie Tag für Tag und haben doch keine Kopeke in der Tasche. Selbst der Bollerofen in ihrem kleinen Holzhaus gibt längst keine Wärme mehr ab. Das geschlagene Holz liegt zuhauf in den Wäldern, doch wer getraut sich schon, auch nur einen Stamm zu nehmen, wenn jeder gestohlene Stamm zwei Jahre Arbeitslager kostet? Man schlägt und bearbeitet die Stämme, die dann an ihren Sammelstellen wieder verrotten. Holz ist zum nutzlosesten Kapital dieses Landes verkommen.

Sibirien – Land der Verdammten

Unvorstellbar, wie riesengroß dieses unwirtliche Land ist. Mit seinen dreizehn Millionen Quadratkilometern umfasst Sibirien etwa vierzig Prozent der gesamten Fläche der ehemaligen Sowjetunion. In der Frühzeit des Landes waren die unwirtlichsten Gegenden Sibiriens mit ihren ausgedehnten Wäldern und Sümpfen den nomadischen Ureinwohnern vorbehalten. Seit vielen Jahrzehnten gibt es hier, besonders in den abgelegensten Gegenden im Norden des Landes, einen neuen Grundstock der Bevölkerung: die Gefangenen, die aus dem gesamten Kontinent hierher deportiert wurden. Bereits im 19. Jahrhundert begann man systematisch, Verbrecher, politisch Missliebige und religiöse Dissidenten nach Sibirien zu verbannen. Im 19. Jahrhundert kamen über eine Million Verbannte nach Sibirien. Unter Stalin wurde dann ein weitflächiges Netz von hunderten von Straf- und Arbeitslagern errichtet. Angeklagt und verbannt wurden nicht nur politische Gegner, sondern auch ganz einfache Bürger des Landes, Kulaken (wohlhabende Bauern), Dichter und Denker – alle, die man für »aufrührerisch« oder »regimekritisch« hielt. Im Jahr 1934 lebten rund fünf Millionen Menschen in den Lagern Sibiriens. Im Jahr des großen Terrors, 1937/38, kamen über sieben Millionen Verbannte hinzu. In diesem Jahr wurden oft mehrere tausend Sowjetbürger an einem einzigen Tag erschossen. Von den übrigen Lagerinsassen überlebten zahllose Menschen die harten Lagerbedingungen nicht. Von hier gab es kein Entrinnen. Wer hierher gebracht oder verbannt wurde, für den gab es keine Zukunft mehr.

Mit Stalins Tod im Jahre 1953 ging die Blüte des Grauens in Sibirien zu Ende. In modifizierter Form jedoch blieben die Lager in den darauf folgenden Jahrzehnten weiterhin Bestandteil des sowjetischen Strafvollzugs, und zwar nicht nur für Kriminelle, sondern auch für politische Gefangene.

Heute sind diese Lager mit Kriminellen belegt, die das neue System hervorgebracht hat. Heute benötigt man die kargen Zellen dieser Straflager für den Auswuchs einer, so glauben viele Menschen des Landes, falschen Politik. Nicht mehr nur die gehassten Politikkritiker sind die Insassen dieser Lager, heute sind es die geopferten Handlanger des neuen Systems, so sagt man hinter verschlossener Tür.

Zerronnene Träume

Der Kommunismus der nachstalinistischen Ära, von vielen längst wieder herbeigesehnt, gehört der Vergangenheit an. Vorbei die kleinen Freuden eines Badehauses, eines Festes an einer Waldlichtung mit Männern und ihrem Akkordeon, die ihre schwermütigen Lieder zum Besten gaben. Ausgelassene Feiern mit den Nachbarn – man sehnt sich nach ihnen, doch diese Zeiten gehören der Vergangenheit an. Heute singen sie nur noch, um zu vergessen, was aus diesem ihrem Land geworden ist. Längst spüren sie schmerzhaft, wie tief die Kluft geworden ist zwischen ihrer Armut und dem unermesslichen Reichtum Einzelner. Alles hatte man schon versucht: Man gründete GmbHs, man pachtete einen Wald von der Regierung, die dann für

die erwirtschafteten Gewinne dreißig Prozent Steuern verlangte. Den Restgewinn haben die privatwirtschaftlichen Unternehmer mit neunzig Prozent nochmals zu versteuern. Von den verbleibenden zehn Prozent ist ein Maschinenpark einzurichten, um die Stämme in die nächste Stadt bringen zu können. Alle, die es versuchten, scheiterten allein schon an der Beschaffung des Diesels.
So sind die Träume zerronnen. Viele Menschen hier haben versucht, ihre Häuser zu verkaufen, um sich mit dem Geld anderswo eine neue Existenz aufzubauen. Doch wer will schon ein Haus in dieser gottverlassenen Gegend.
»Sie werden es nicht glauben, es gab schon Ausländer, die riesige Waldstücke ankaufen wollten«, weiß ein alter Bauer zu berichten. »Sie wollten hier Fabriken errichten, doch als die Verträge kurz vor dem Abschluss standen, bekamen sie unerwarteten Besuch von Männern, die Provisionen verlangten. Seit diesen Tagen wurden hier keine ausländischen Investoren mehr gesehen, und es ist wieder so wie früher.«
»Wer waren denn diese Herren?«
»Na, wer wohl? Von der Regierung waren sie bestimmt nicht!«
»Wer dann?«
»Na, das wissen Sie doch genau. Es gibt doch keine Geschäfte in unserem Land, bei denen die Mafia nicht ihre Hände im Spiel hat. Mit legalen Mitteln kann doch keiner bei uns auch nur eine Kopeke verdienen. Entweder du bist Angestellter der Organisation, oder du verreckst so arm wie wir hier.«

Die Geschäfte der russischen Mafia

Die Macht der örtlichen Mafia nimmt immer weiter zu, und die Armen sind ihr schutzlos ausgeliefert. Skrupellose Geldverleiher, Drogendealer, Zuhälter, vor nichts zurückschreckende Auftragskiller, denen ein Menschenleben keinen Rubel wert ist – das sind die »feinen Herren«, und sie wohnen in den teuersten Hotels der Stadt.
Jeder zweite Bürger dieser Stadt ist auf irgendeine Art von kriminellen Personen oder Banden abhängig. Sie leben wie einst die Zaren des großen russischen Reiches, in Saus und Braus. Wo der Staat versagt, erblüht das Schlaraffenland der Verbrecher. Umringt von den schönsten Mädchen der Stadt, schlürfen sie teuersten Champagner und ausländische Spirituosen. Und draußen auf den Straßen ergibt sich das Volk dem billigen Fusel, um am eigenen Elend zu erblinden.
Hat man genug von den hübschen Mädchen, verkauft man sie einfach an die Zuhälter Moskaus. Diese Menschen haben keine Skrupel mehr, längst haben sie jegliches Schuldbewusstsein verloren. Menschenwürde ist ein Fremdwort geworden. Einmal in den Klauen dieser widerwärtigen Gestalten, ist das Leben vieler der von ihnen abhängigen Menschen nur noch als schleichender Tod zu beschreiben. Doch wen wundert diese Abhängigkeit ehrbarer Bürger, wo sie doch seit Monaten keinen Lohn mehr erhalten. Väter wissen keinen anderen Ausweg, als sich in einem der zahllosen Kreditbüros Geld zu leihen, um ihren Familien wenigstens das Nötigste geben zu können. Doch auf den nächsten Lohn hofft man allzu oft vergebens. Also überschreiben sie alles, was sie besitzen, manchmal sogar die eigene Frau, die Mutter ihrer Kinder. Ja, selbst die eigenen Kinder.
Kann jemand die horrenden Zinsen nicht bezahlen,

schicken sie ihm ein Schlägerkommando, um ihn abzumahnen. Zahlt er noch immer nicht, liegt er irgendwann tot in einem der zahllosen Hinterhöfe, und keiner stört sich daran. Niemanden hier kümmern mehr die täglichen Zeitungsberichte über solche Gräueltaten.
Eine der schlimmsten Mafia-Banden, die in diesem Land je ihr Unwesen trieb, steht bald vor dem Gericht in Nowokusnezk. Die örtliche Zeitung hat in großer Aufmachung darüber berichtet. Dreiundfünfzig Menschen soll diese Bande getötet haben. Die Zeitung berichtete, dass der Gangsterboss Landesmeister der UdSSR im Freistilringen war und seine Truppe aus siebenundzwanzig Mitgliedern bestand, die alle bestens ausgebildet waren in den verschiedensten Kampfsportarten. Nicht in einer der Großstädte, sondern in Nowokusnezk, einer kleinen Stadt im tiefsten Sibirien, wurden diese Verbrecher aufgespürt und inhaftiert. Sie sitzen in derselben Haftanstalt, in der auch Sascha Spesiwtsew einsitzt.
Wenn man mit den Mitgliedern dieser Bande spricht, geben sie bereitwillig Auskunft über ihre Taten. Sie sind stolz auf das, was sie »geleistet« haben, und sie schwelgen in Details, die den Zuhörer an die Grenzen der Übelkeit bringen. Schaudernd erfährt man von einem dieser Diener des Teufels: »Wenn jemand nicht wenigstens seine Zinsen bezahlen konnte, verpassten wir ihm einen Denkzettel. Jewgenij R. zum Beispiel, einen Geschäftsmann dieser Stadt, übergossen wir mit Salzsäure. Das weckt die Zahlungsbereitschaft. Anderen hackten wir die Hände ab, um sie einzuschüchtern. Hatte ein Zahlungsunwilliger eine hübsche Tochter, verkauften wir sie an ein Moskauer Bordell. Die Eltern muckten nicht auf, denn ihnen war klar, dass dies erst der Anfang war.«
Auf die Frage, wie er zu dieser Bande kam, gibt er zu ver-

stehen: »Was machst du, wenn du kein Geld zum Leben hast? Man versprach uns einen eigenen Mercedes und eine eigene Wohnung, wenn wir unsere Arbeit gut machen würden. Natürlich ist es vielen von uns am Anfang nicht leicht gefallen, diese Arbeit zu verrichten. Aber wir dachten an den Lohn, und der ließ uns alle Skrupel vergessen. Was willst du dagegen tun? Im Krieg wird auch getötet. Da werden Menschen umgebracht, die man nicht kennt und von denen man auch nicht weiß, ob sie gut oder böse waren. Wir haben nicht für Politiker getötet, sondern damit es uns besser geht. Wir wollten auch so ein gutes, sorgenfreies Leben führen wie unsere Bosse.«
»Welche Voraussetzungen musste man mitbringen, um solch einen Job zu bekommen?«
»Aufgenommen wurden nur Leute, die keinen Alkohol tranken und keine Drogen nahmen. Aufnahmeprüfung war ein Auftragsmord. Erledigte man ihn zur Zufriedenheit der Bosse, konnte man sicher sein, als neues Mitglied aufgenommen zu werden.«
»Kam Ihnen nicht doch manchmal der Wunsch, damit aufzuhören?«
»Nein, nein. Wir alle wussten, dass wir, wenn wir die Bande verlassen würden, sofort umgebracht werden. So arbeiteten wir immer weiter, mit dem Ziel vor Augen, dass es uns irgendwann einmal gut gehen würde. Manchmal töteten wir wie die Roboter.«
»Taten Ihnen die Mädchen nicht Leid, die Sie nach Moskau in die Bordelle brachten?«
»Ach was, wenn sie einmal verheiratet gewesen wären, hätten sie ja auch fast jeden Tag ran müssen. Was macht das für einen Unterschied? So hatten sie wenigstens schöne Kleider und gut zu essen, und sie wohnten in einem schönen Haus. Ich würde gerne alles erzählen, was wir getan

haben, damit man auch in anderen Ländern endlich erfährt, wie es hier zugeht. Doch dann wäre Ihr Leben in Gefahr. Unsere Chefs reisen viel und gerne, und sie sind nie alleine unterwegs.«
»Wer begleitet sie denn auf ihren Reisen?«
»Na, solche Leute wie ich. Das ist ein schöner Job, man sieht ferne Länder und hat dabei nur eine Aufgabe: die Männer zu beschützen, die sowieso niemand kennt. Sie kaufen sich alle Sympathien mit Geld, und die meisten Menschen glauben, es mit Geschäftsleuten zu tun zu haben. Wissen Sie, ich war auch schon in Spanien, aber nicht im Urlaub. Da habe ich unseren Oberboss begleitet. Soll ich Ihnen erzählen, was ich da alles erlebt habe und wen wir getroffen haben? Ich brauche ja keine Angst mehr zu haben, ich kann Ihnen alles erzählen, denn ich komme hier nur in einer Holzkiste raus.«
Er lässt seinem Gegenüber keine Möglichkeit, seine Frage zu beantworten. Mit leuchtenden Augen berichtet er weiter: »Wissen Sie eigentlich, wie viele ›Rattenfänger‹ hier einsitzen?«
»Nein, was ist ein ›Rattenfänger‹? Es ist doch nicht strafbar, Ratten zu fangen?«
»Die Ratten, die ich meine, schon. Unsere Bosse finden immer neue Wege, um an Geld zu kommen. In den reichen Ländern werden immer mehr Organe für verzweifelte Kranke benötigt, und natürlich haben wir uns da auch etwas einfallen lassen. Ich glaube, bei Ihnen nennt man das Organhandel. Hier in Russland schlägt die Organhandel-Mafia besonders hart zu. Die tiefe Armut des Landes ist ein idealer Nährboden. Nicht nur wir haben Kinder in die Krankenhäuser gebracht. Viele Eltern verkaufen ihre Kinder für gute Dollars an die Operationsteams. Doch diese Kinder überleben meist die Operationen.«

»Davon habe ich gehört, aber was hat das mit Ratten zu tun?«

»Na, Sie kennen doch die Straßenkinder? Die haben wir wie Ratten zusammengefangen, daher der Ausdruck ›Rattenfänger‹.«

»Und was haben Sie mit diesen Kindern gemacht?«

»Was schon, sie kamen nach Moskau oder Petersburg, dort hat man ihnen dann die Organe, die gebraucht wurden, entnommen.«

»Waren das viele Kinder, die Sie nach Moskau oder Petersburg gebracht haben, und was geschah mit den Kindern, nachdem ihnen die Organe entnommen worden waren?«

»Sie wurden buchstäblich ausgeweidet. Alles, was man medizinisch verwerten kann – und das ist eine Menge, wie ich erfahren habe –, entnimmt man diesen Körpern. Man entnimmt nicht *eine* Niere, sondern beide. Man entnimmt das Herz, eben alles, was man verkaufen kann. Keiner dieser Patienten überlebte diese ›Operationen‹. So war es dann unsere Aufgabe, diese Kinder auf einem einsamen Waldstück abzuladen. Wir waren eigentlich froh und hatten keine Bedenken, unser Land von solchen Ratten zu befreien. Ratten erschlägt man normalerweise mit einem Prügel, sie dagegen durften unter Narkose sterben. Sie hatten doch keine Schmerzen. Als wir sie in die Kliniken fuhren, wussten sie doch gar nicht, was mit ihnen geschieht. Mit Lastwagen haben wir unsere Patienten gefesselt nach Moskau gekarrt. Die Ärzte der Großstädte brauchten doch immer mehr Organe. Sie fielen niemandem auf, niemand vermisste sie, das war unser großes Glück.«

»Wie viele solcher Kinder haben Sie in diese – nennen wir es einmal so – ›Kliniken‹ gebracht?«

»Wären wir nicht verhaftet worden, gäbe es in Sibirien heute wohl keine Straßenkinder mehr. Das wäre ein Segen

für dieses Land gewesen. Da brauchen Sie kein Mitleid zu haben. Die sind doch zu nichts mehr nütze, sie stehlen, rauben Betrunkene aus und gehen auf den Strich. Durch ihre Operationen helfen sie wenigstens noch anständigen Menschen auf der ganzen Welt.«
»Haben Sie selbst Kinder?«
»Natürlich nicht, bei unserer Organisation darf niemand als Vollstrecker arbeiten, der eine Familie hat. Aber was soll's, Frauen hatten wir genug. Schöne Frauen, ja vielleicht die schönsten unseres Landes.«

Die Kinder der Stadt

Windschiefe Häuser, dem Einsturz nahe, aber verzierte Fensterrahmen, das ist das Bild der Altstadt von Nowokusnezk. Ein alter Mann schlurft mit seinen Hausschuhen durch die Straßen und wartet darauf, dass ihn jemand anspricht. Er bleibt an dem alten Brunnen stehen, wie seit vielen Jahren – doch im Brunnen ist schon längst kein frisches Wasser mehr. Die Wasser speienden Skulpturen dieses Brunnens sind schon lange versiegt.
Wild lebende Hunde streichen durch die Stadt, mit nur einem Verlangen: genügend Fressen für den Tag zu finden. Den Menschen gehen sie längst aus dem Weg, da von diesen sowieso nur Fußtritte zu erwarten sind. Tritte, die nicht nur Tiere erleiden müssen; es gibt auch andere Lebewesen, die diese Gosse der Not mit ihnen teilen. Es sind Menschen – Menschen, die auf der Straße leben und nach Essbarem suchen. Sie sind zwischen neun und fünfzehn Jahren alt, immer darum bemüht, den nächsten Tag zu erleben. Ihre Gesichter zeigen einen mongolischen Einschlag, das pechschwarze Haar ist voller Läuse und hängt ihnen in Strähnen herab.
Viele dieser Kinder müssen die Triebe betrunkener und perverser Individuen befriedigen. Sie werden geschändet von Menschen, die sich in den verwerflichsten Arten der Sexualität suhlen. Sie opfern ihren kindlichen Körper, um zu überleben. Meist verstehen sie nicht einmal, was mit ihnen geschieht. Sie mussten sehr schnell lernen, was es heißt, durch Befriedigung anderer Geld zu verdienen, um nicht zu verhungern.
Sie hausen in den Kellern verlassener und verwahrloster Häuser oder in den Schächten der Kanalisation. Bettelnd ziehen sie durch die Straßen, stets auf der Suche nach et-

was Essbarem. Wenn sie Hunger leiden, schnüffeln sie Klebstoff – die Droge der Armen, der Straßenkinder. Es ist eine Droge, die langsam das Gehirn zerstört, das Sprachzentrum vernichtet. Die Droge macht sie zu einer leichten Beute für skrupellose Verbrecher. Ihr Hunger wird dadurch betäubt, doch auch ihr Verstand.

Als die Schlote der Stahlwerke noch rauchten, bekamen sie in der Schule ein warmes Essen. Doch das ist längst vorbei. Heute wird der Kauf eines Schulheftes zum Problem. Viele Eltern schaffen es noch so eben. Doch viele tragen ihr letztes Geld in die kleinen Läden, die mit Spirituosen überfüllt sind. Wodka, Allheilmittel gegen Sorgen jeglicher Art, ist in Sibirien inzwischen sehr beliebt. Nicht nur Männer torkeln durch die Straßen. Auch immer mehr Frauen flüchten in den Alkohol und merken nicht mehr, wie sie sich ihren Kindern entfremden. Oftmals ist es dann nicht mehr weit, bis sie, Frauen wie Männer, gewalttätig werden gegen die nur noch lästig erscheinenden Kinder.

Armut, Mangel an Geborgenheit und Missbrauch hinterlassen schwere Spuren auf den Gesichtern und in den Seelen der Jungen und Mädchen. Diese Zeit frisst ihre Kinder. Die kleinen Geschöpfe sehen häufig keinen anderen Ausweg mehr, als ihr Leben auf der Straße zu verbringen. So entgehen sie wenigstens den Attacken ihrer betrunkenen Eltern. Wie viele Kinder – aus diesem Grund oder weil sie von ihren Eltern verstoßen wurden – auf der Straße leben, interessiert keinen in dieser Stadt. Längst hat man aufgehört, sie zu zählen. Straßenkinder gehören zum Alltag in dieser Stadt der Verlorenen.

Die Clique von Nikolajew

Ein altes, verlassenes Warenlager, gerade einmal zehn Quadratmeter groß, ist der Wohnort einer Gruppe junger Buben, keiner älter als dreizehn Jahre. Das Lager ist verfallen und hat längst keine Fensterscheiben mehr, die seine Bewohner vor den kalten Nächten schützen könnten. Der Regen prasselt durch die Dachpappen. Auf dem Fußboden liegen Gerümpel und einige zerrissene Matratzen. Es gibt kein Wasser, keine Toilette. Aber das stört sie nicht, sie sind froh, hier wenigstens schlafen zu können.
Nikolajew, ein abgemagerter Junge von höchstens dreizehn Jahren, scheint ihr Anführer zu sein. Man braucht nicht lange zu warten, bis er zu erzählen beginnt: »Meine Mutter und mein Vater sind Alkoholiker. Ständig wurde ich geschlagen. Mein Vater hat längst keine Arbeit mehr, und meine Mutter putzt bei reichen Leuten, aber nur, um Schnaps kaufen zu können. Mein kleiner Bruder Danilo« – und dabei zeigt er auf einen etwa Neunjährigen, der in seiner Nähe steht – »ist krank, aber Geld für Medizin war nie da.«
Diese Kinder haben längst vergessen, dass sie noch Kinder sind. Mit einem spitzbübischen Grinsen erzählen sie, wie sie nachts betrunkene Männer und Frauen ausrauben. Nikolajew rechtfertigt sich: »Von irgendetwas müssen wir ja leben. Wir tun den Leuten ja nicht weh, wir beklauen sie ja nur. Die versaufen ja doch nur ihr ganzes Geld.«
Während Nikolajew erzählt, geht die Tür auf, und eine etwa fünfzigjährige Frau ruft seinen Namen. Es ist seine Mutter. Langsam geht er auf sie zu und stößt sie zurück auf die Straße. Sie fällt und schreit, aber das stört den Jungen nicht. Als sie sich aufrichten will, fällt sie wieder hin. Zweimal versucht sie noch aufzustehen, dann bleibt sie für

eine Weile am Boden sitzen. Man bemerkt, wie betrunken sie ist.
»Hau ab, du alte Schlampe! Ich habe dir schon hundert Mal gesagt, du sollst dich hier nicht blicken lassen. Wir wollen dich nicht mehr sehen. Nie mehr, nie mehr! Hast du verstanden?«
Nikolajew macht die Tür zu. Es kümmert ihn nicht, ob sich die Frau, die seine Mutter ist, beim Fallen eventuell verletzt hat.
»Sehen Sie, das war meine Mutter. Besoffen wie immer, wenn sie hierher kommt. Sie will einfach nicht glauben, dass ich sie nicht mehr sehen will.«
»Und dein Bruder?«
»Der will sie auch nicht mehr sehen.«
Doch sein Bruder, den er inzwischen an die Hand genommen hat, sieht traurig zur Tür – zumindest glaubt man,

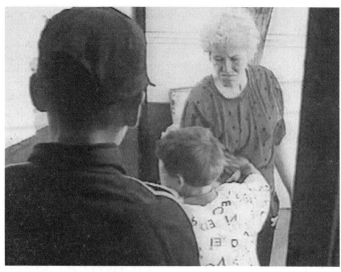

Der Straßenjunge Nikolajew mit seinem Bruder und seiner Mutter

Trauer in seinem Blick zu erkennen. Wieder öffnet sich die Tür. Nikolajews Mutter hat Mühe, sich auf den Beinen zu halten. Lallend redet sie auf ihren Sohn ein und merkt nicht, wie verächtlich er sie anblickt. Ohne auch nur eine Sekunde zu zögern, stößt er die Frau erneut auf die Straße zurück und schließt die Tür. Dann bleibt es ruhig, und Nikolajew ist zufrieden.
»Sehen Sie, für meinen Bruder und mich hat sie nicht eine Scheibe Brot dabei. Aber saufen, das kann sie.«
Damit ist für ihn das Thema erledigt. Öfter als sonst inhaliert er aus seiner Tüte den alles betäubenden Stoff ein.
»Wo geht ihr denn hin, wenn es kalt wird?« – Auf diese Frage scheint er gewartet zu haben.
»Kommen Sie mit, ich zeige es Ihnen. Das Versteck verrate ich sonst niemandem.«
Ein paar Häuserblocks weiter bleibt er vor einem Straßengulli stehen. Ohne Probleme hebt er den schweren gusseisernen Deckel zur Seite, und mit einem Schwung ist er in der nach unten gehenden Röhre verschwunden.
»Nun kommen Sie schon, oder haben Sie Angst?«, ruft er nach oben. Übelster Kloakengeruch dringt an die Oberfläche. Die Röhre führt in einen riesigen Betonbunker, durch den ein Abwasserkanal fließt. Stolz zeigt er auf eine größere zementierte Fläche und erzählt, wie warm es hier im Winter sei. Riesige Heizrohre befinden sich an der Decke und strahlen wohlige Wärme aus. Dass es hier hunderte von Ratten gibt, stört ihn offensichtlich nicht. Mit einem Fußtritt verscheucht er sie, und wie auf Kommando verkriechen sie sich in ihren Löchern. Dabei grinst er, als hätte er ein kapitales Großwild erlegt.
In einer Ecke haben sie sich mit Lumpen ein Bettlager errichtet. Eine alte Petroleumlampe ist die einzige Lichtquelle in dieser menschenunwürdigen Behausung. Schnell

zündet er sie an. Voller Stolz erklärt er, dass er eine automatische Toilettenspülung sein Eigen nennt. Dabei deutet er auf den vorbeifließenden Abwasserkanal. Nach oben steigend ist man froh, wieder das Tageslicht zu sehen und frischen Sauerstoff atmen zu können.
»Gibt es auch Mädchen in eurer Clique?«
»Nein, o nein, was sollen wir denn mit Mädchen? Die wollen doch nur alte Männer, und denen nehmen sie dann das Geld ab. Selten haben wir mit ihnen Kontakt.«
Nach einer Weile fragt er: »Wollen Sie sehen, wo die Mädchen wohnen? Kommen Sie, ich zeige es Ihnen. Aber dafür bekomme ich einen Dollar mehr, ja? Sie holen doch nicht die Polizei?«
Er ist ängstlich, doch der Anblick des Dollars lässt ihn seine Angst vergessen. Gemeinsam geht das Grüppchen zum Taxi des neugierigen Besuchers.
Nach knapp einer halben Stunde Autofahrt lässt er anhalten.
»Da, da drüben in dem kleinen Haus, da wohnen sie.«
Der Taxifahrer, der während der ganzen Fahrt kein einziges Wort sprach, nennt den Fahrpreis und bedenkt seinen erwachsenen Fahrgast mit einem verächtlichen Blick, der die Neugierde eines Berichterstatters beschämt. Nicht einmal ein Trinkgeld will er von diesem Menschen annehmen, und das will etwas heißen in diesem Land. Zu groß ist offensichtlich seine Verachtung gegen Menschen, die dieses Haus sehen oder besuchen wollen. Welche Gedanken mögen durch sein Gehirn gekreist sein?
Als der Junge die Hand des Besuchers nimmt und schnurstracks auf das Haus zugeht, möchte er den Bewohnern offenbar zeigen, dass er mit einem Freund kommt. Der Anblick der beiden lässt den abfahrenden Taxifahrer nur noch den Kopf schütteln.

Das Haus der stummen Laute

Nur einige Meter entfernt steht ein kleines, verlassen wirkendes Haus – eher eine Ruine. Aber es hat Fenster, eine stabile Eingangstür und ein Dach, das vor Regen schützt. Längst ist die Farbe abgebröckelt, aber das scheint hier niemanden zu stören.
Fröhlich durch die Finger pfeifend, versucht sich Nikolajew den Bewohnern bemerkbar zu machen und guckt neugierig durch ein seit Monaten nicht mehr geputztes Fenster. Er klopft ein paarmal ungeduldig an die Scheibe.
Plötzlich erscheint ein etwa dreizehnjähriges Mädchen an der Eingangstür. Sie erschrickt, als sie den Jungen und den fremden Mann sieht. Ihre Haare sind ordentlich gekämmt, sogar die Kleidung macht einen sauberen Eindruck. Mit großen schwarzen Augen mustert sie ihren Besucher von oben bis unten.
»Kommen Sie herein«, begrüßt sie den Fremden und winkt Nikolajew hinzu.
»Haben Sie Geld?«, ist ihre erste Frage. Doch noch bevor der Besucher antworten kann, klärt der Junge das Mädchen auf: »Ihr braucht keine Angst zu haben, der ist nicht von der Polizei. Der schreibt ein Buch über unsere Stadt. Der kommt von weit her, extra zu uns.«
Langsam wagen sich die Mädchen aus ihren kleinen Kammern. Es sind insgesamt zwölf Mädchen. Mädchen zwischen neun und sechzehn Jahren. Sie sind allesamt besser gekleidet als die Straßenjungen; auch scheinen sie gepflegter zu sein. Doch diese Augen: Sie wirken so hilflos und traurig! Man merkt den Kindern an, dass sie Angst haben. Vorsichtig versuchen sie zu ergründen, was auf sie zukommt. Die größeren Mädchen unter ihnen nehmen die kleineren an die Hand. Man wartet jeden Moment darauf,

dass sie ihre Puppe holen, doch etwas zum Spielen gibt es nicht mehr für sie. Angst steht in ihren Gesichtern geschrieben, große, unbeschreibliche Angst. Da stehen sie mit ihren dünnen Storchenbeinen und warten, was man nun von ihnen will.
»Der will nur wissen, was ihr so macht den ganzen Tag. Sonst nichts, das ist nicht so einer«, nimmt Nikolajew die Situation in die Hand. Er bemerkt, dass die Mädchen verschüchtert sind. Die größeren, alle eine Plastiktüte in der Hand, werden sichtlich ruhiger. »Ich sag' euch doch, der will nichts von euch. Er will nur, dass ihr ihm erzählt, was ihr so den ganzen Tag treibt. Von uns hat er das auch wissen wollen.«
»Was will er denn von uns wissen?«, fragt die Größere.
»Na, alles halt, das mit den Männern und so, und was mit euren Alten los ist.«
Es vergehen Minuten, bis sich die Situation normalisiert. Langsam beginnen die Mädchen, Vertrauen zu fassen, und Ludmilla, ein älteres Mädchen, beginnt zu sprechen.
»Warum wollen Sie wissen, was wir so den ganzen Tag treiben?« – Doch sie bekommt keine zufrieden stellende Antwort. Sie kann nicht verstehen, warum sich ein Mensch – und noch dazu ein Mann – für ihr Leben interessiert. Und doch, plötzlich sprudelt es aus ihr hervor, als wolle sie sich alles von der Seele schreien.
»Die meisten von uns haben keine Eltern. Manche Eltern sind geschieden und froh, uns los zu sein. Die Mutter der kleinen Olga« – und dabei zeigt sie auf das kleinste der Mädchen – »brachte sie selbst hierher. Sie sagte, ich soll auf sie aufpassen, sie würde in eine andere Stadt ziehen, und da könnte sie sie nicht gebrauchen. Seitdem ist sie bei uns.« Während sie das sagt, geht sie zur Haustür und sperrt sie ab. »Jetzt haben wir wenigstens Ruhe.«

Sie führt ihren Besuch in einen größeren Raum, und alle Mädchen folgen ihr. In einem Halbkreis setzen sie sich auf den kalten Betonboden. Ihre ersten Worte: »Geben Sie uns denn ein wenig Geld, damit wir uns was zu essen kaufen können? Wissen Sie, die meisten Männer geben uns kein Geld, und wenn wir sie darum bitten, drohen sie, mit uns zur Polizei zu gehen.«
Sie denkt darüber nach, ob sie weitersprechen soll, da mischt sich Nikolajew ein: »Na, red schon, der gibt dir schon was.«
Sie spricht weiter: »Früher sind wir zum Betteln gegangen und haben auch ab und zu etwas bekommen. Vor allem von den Frauen, wenn sie vom Einkaufen kamen. Aber jetzt, wo die Leute selbst kein Geld mehr haben, geben sie uns auch nichts mehr. Da haben wir die Männer angebettelt, doch die wollten etwas ganz anderes von uns. Seitdem wir das machen, was die Männer wollen, geht es uns besser. Sie bringen uns immer Drogen, manchmal geben sie uns auch Geld.«
»Was sind das für Männer?«
»Meistens ältere, und viele davon sind besoffen. Dann wollen sie immer die ganz kleinen Mädchen, aber die weinen immer so, weil es ihnen so wehtut. Wenn sie dann nicht aufhören zu weinen, schlagen die Männer sie auch. Manchmal stehlen wir den Männern Geld aus der Hosentasche, dann können wir uns wieder etwas zu essen kaufen.«
»Wer von euch ist denn auf die Idee gekommen, in dieses Haus zu ziehen und es zu dem zu machen, was es heute ist?«
»Das war meine Freundin«, gibt sie zu verstehen. »Nadeschda war damals fünfzehn Jahre alt, und dieses Haus gehörte ihren Eltern. Doch beide sind nach Nowosibirsk gezogen, weil der Vater hier keine Arbeit fand. Er hoffte, in der Groß-

stadt eine zu bekommen. Wie so viele hier wollten sie ein neues Leben beginnen. Ein neues Leben, ohne ihre im Wege stehende Tochter. So stand sie plötzlich völlig alleine da, allein mit diesem verlassenen Haus. Ein Bruder ihres Vaters, ihr eigener Onkel brachte sie dann auf die Idee, ein solches Haus einzurichten. Er wurde ihr erster Kunde. Natürlich versprachen die Eltern, sie sofort nach Nowosibirsk zu holen, sobald sie Arbeit und eine Wohnung gefunden hätten. Aber nach drei Jahren hatte sie noch immer nichts von ihnen gehört.«
»Und was macht sie jetzt, ist sie hier?«
»Nein schon lange nicht mehr. Sie ist mit einem Freund ihres Onkels nach Petersburg gezogen. Natürlich war er viel älter als sie, aber dafür hatte er Geld. Viel Geld – und ich glaube, er verdient mit ihr noch mehr.«
Nach einer kurzen Pause fährt sie mit ihren Erzählungen fort, nicht ohne ein wenig Wehmut.
»Sie war wirklich eine gute Freundin, sie hat uns alles so hinterlassen, wie Sie es heute sehen. Uns genügt das, wir sind zufrieden. Wir haben alle unser eigenes Bett, wer hat das schon in dieser Stadt?«
Sie sieht sich im Zimmer um und stellt mit Stolz fest: »Immer noch besser als bei den Jungs, oder? Unser Mobiliar besteht zwar nur aus Sperrmüll, aber das genügt uns, wir sind zufrieden. Was will man machen? Immer mehr Mädchen kommen hierher. Alle wissen, was auf sie zukommt. Natürlich versuche ich, die Kleinsten vor den Übergriffen der Männer zu bewahren, doch das gelingt mir leider viel zu selten.«

Die Bewunderung angesichts der Lebenseinstellung dieses Mädchens macht den Besucher sprachlos, ja betroffen. Wie kann ein so junges Mädchen versuchen, andere Kinder zu schützen vor menschlichen Angriffen, vor denen sie selbst geschützt werden müsste? Wer dieses Haus, ohne Kunde zu sein, betreten hat, weiß, dass dies ein Haus der stummen Laute, ein Haus des wehrlosen, unschuldigen Lebens ist.

Ihre abgenutzten Uniformen abgelegt, um nicht erkannt zu werden, kommen die Männer hierher und holen sich, was sie wollen. Sie benutzen Kinder, die auch in Russland Schutz und Würde zu erwarten hätten und doch nur weggeworfen werden wie lästiger Müll. Unrat, das sind die kindlichen Körper, ausgenutzt von geilen alten Männern, die zur Elite dieser Stadt zählen wollen. Nur hinter vorgehaltener Hand erzählt man darüber, was in diesem Haus des Schreckens passiert. Das Leben, die Menschenwürde der Kinder zählt nichts in diesem Haus, in dem niedere Triebe befriedigt und Kinderleben für immer ausgelöscht werden.

Plötzlich ertönt ein lautes Poltern an der Eingangstür.

»Jetzt müssen Sie aber gehen, jetzt kommt wieder einer«, sagt Ludmilla.

Während sie ihre Gäste zur Türe begleitet, wird das Pochen immer lauter. Die Tür öffnet sich, und ein etwa sechzigjähriger, verwahrloster Mann stürzt in das Haus. Er kann kaum mehr laufen, so betrunken ist er. Er schimpft unaufhörlich, während sich die kleineren Mädchen aus dem Staube machen.

»Kommen Sie uns mal wieder besuchen.« Mit diesen Worten verschwindet das Mädchen im Haus.

Selbst Nikolajew scheint es die Sprache verschlagen zu haben. Als die beiden wieder zurück am Auto sind, sagt er: »Leicht haben die es auch nicht.«

»Aber warum macht da die Polizei kein Ende, das sind doch noch Kinder?«, will man von ihm wissen.

»Die Polizisten gehen doch selbst zu den Mädchen«, lautet seine Antwort.

»Und was macht die Polizei, wenn sie mal einen von euch Jungs erwischt?«

»Die kümmern sich doch nicht um uns, die haben anderes zu tun. Außer vor zwei Monaten«, fährt er fort. »Da hat man einen Jungen aus unserer Clique mit Benzin übergossen und angezündet. Er war ganz allein in einer alten, verlassenen Garage und schlief in einem Autowrack. Tagelang hatte er nichts zu essen. Wenn wir ihm nicht ab und zu etwas gebracht hätten, wäre er sowieso verhungert. Ständig rief er nach seiner Mutter. Wir gingen zu ihr, und wir erzählten ihr, dass es ihm so schlecht geht. Aber sie hat ihn nie besucht. Er hatte sehr stark abgenommen und hustete

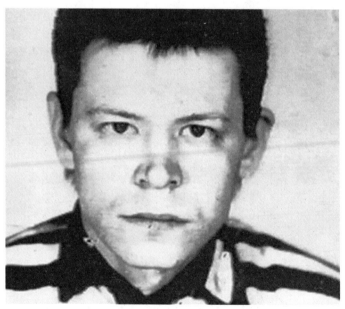

Fahndungsfoto von Sascha Aleksander Spesiwtsew

unentwegt. Eines Tages muss ein Mann vorbeigegangen sein und den Jungen gesehen haben. Vielleicht war er betrunken, jedenfalls goss er Benzin über das Auto und zündete es an. So ist unser Freund ums Leben gekommen. Da war die Polizei gleich da, weil sie wahrscheinlich Angst hatte, das Nachbarhaus würde mit abbrennen. Aber sonst sieht man von denen nichts. Zum Glück.«
Es scheint ihn nicht sonderlich mitzunehmen, wie er von dem kleinen Jungen erzählt. Er geht ein paar Schritte weiter, und damit ist für ihn das Thema erledigt. Dabei lässt er einen spüren, dass er nicht weiter darüber berichten will. Er zieht seinen Plastikbeutel mit Klebstoff aus der Tasche, inhaliert einmal kräftig und lächelt wieder.

▍Saschas erstes Opfer: seine Verlobte

In der breiten, mit Laternenmasten gesäumten »Straße der Pioniere« steht ein für die Stadt Nowokusnezk recht modern wirkender Plattenbau. Das Stadtviertel, in dem das Gebäude steht, gehört zu den besseren Wohngegenden. Deutlich wird dies schon dadurch, dass sämtliche Wohnungen, die sich auf die insgesamt acht Stockwerke verteilen, mit Bad und Küche ausgestattet sind. Auch wenn Aufzug und Licht nur gelegentlich funktionieren – gemessen an den üblichen Standards dieser Stadt ist dies ein »Prachtbau«. Und wen wundert es, dass man hier große Angst vor Einbrechern hat und die Eingangstüren der Wohnungen aus massivem Eisen bestehen.

Hier wohnt die Familie Spesiwtsew. Eine gebildete Familie, wie die Nachbarinnen zu berichten wissen. Mit seiner Mutter Ludmilla bewohnt der siebenundzwanzigjährige Sohn Sascha Aleksander eine Zweizimmerwohnung. Seine vierunddreißigjährige Schwester Nadeschda ist seit ein paar Jahren aus dem Haus, aber sie besucht die beiden, sooft sie nur kann. Eine gutbürgerliche Familie. Die Tochter arbeitet beim städtischen Gericht als Sekretärin eines hohen Richters. Die Mutter arbeitet an einer Schule und hilft darüber hinaus ihrer Tochter am Gericht aus. Nadeschda ist eine bildhübsche Frau mit tiefschwarzen großen Augen, und sie gefällt den Männern auf der Straße.
Ihr Bruder Sascha Aleksander ist ein Einzelgänger, der nur seinen Hund, einen großen Dobermann, liebt. Zumindest sagen dies die Nachbarn der Spesiwtsews. Will man Genaueres erfahren, wissen sie von ständigen dumpfen Schlägen und von lauten Schreien zu berichten, die sie gehört haben wollen.

»Wir glaubten, der Sascha verprügelt bestimmt seine Schwester und seine Mutter«, sagt eine der Nachbarinnen. Und weiter erinnert sie sich: »Vor einigen Jahren, ich glaube, das ist jetzt sechs Jahre her, war es ganz schlimm. Sascha hatte sich mit einem sechzehnjährigen Mädchen verlobt. Und die schrie fast jeden Tag, bis irgendwann die Polizei kam und sie tot auf einer Bahre aus der Wohnung trug.«
Hinter vorgehaltener Hand erzählt sie weiter: »Aber niemand ist verhaftet worden. Man hat nie mehr etwas von diesem Mädchen gehört. Auch in der Zeitung hat man nichts gelesen. Ich habe ständig die Todesanzeigen gelesen, aber nie stand etwas von einem sechzehnjährigen Mädchen darin. Na ja, die beiden Frauen arbeiten schließlich beim Gericht, und das Mädchen kam ja auch aus der sozialen Unterschicht, wer macht sich da schon groß Gedanken über so etwas.«
Weiter jedoch will sie sich nicht über die Angelegenheit auslassen. Man hat den Eindruck, sie habe schon zu viel geredet.
Es stellt sich heraus, dass die Nachbarin nicht übertrieben hat: Die Polizei muss eingestehen, dass sie diesen Fall regelrecht verschlafen hat. Verschlafen, vergessen, unbeachtet weggelegt: die Akten über den Mord an einem sechzehnjährigen Mädchen. Niemand weiß heute mehr, wo das Mädchen abgeblieben ist. Nicht einmal in den Protokollen der Gerichtsmedizin, wo man sie hätte hinbringen müssen, ist sie aufgeführt. Der zuständige Beamte der Kriminalpolizei, der den Fall bearbeitete, stellt lapidar fest: »Ich kann es mir auch nicht erklären, wie das geschehen konnte... Wo das Mädchen wohl beerdigt wurde? – Und das muss ja geschehen sein! – Ob Sie es glauben oder nicht, ich weiß es nicht.«

»Aber jemand muss doch wissen, wo der Körper dieses Mädchens geblieben ist?«
»Ja... nun, da fragen Sie am besten bei (...) nach, die wissen es bestimmt.«
Der Tipp endet in einer Sackgasse: Niemand weiß, wo das sechzehnjährige tote Mädchen abgeblieben ist. Keine amtliche Stelle weiß Bescheid – niemanden scheint das Schicksal dieses Mädchen interessiert zu haben. Wäre sie nicht ausgerechnet in dieser Wohnung gefunden worden, würde man heute sicher gar nicht mehr wissen, dass hier je eine Leiche von der Polizei abtransportiert wurde.

Die Suche geht weiter – nach den Verwandten der Toten. Lange, endlose Zeit wird damit verbracht, die Eltern dieses Mädchens ausfindig zu machen. Eines Tages erhält man eine Adresse außerhalb der Stadt, und es tritt ein, was man vermutet hatte.
In einer vollkommen verwahrlosten Einzimmerwohnung – wenn man dieses Chaos auf engstem Raum Wohnung nennen will – trifft man sie, die Eltern dieses Mädchens. Beide sind etwa vierzig Jahre alt und völlig dem Alkohol verfallen. Es ist erst zehn Uhr am Morgen, und auf dem Tisch stehen zwei Literflaschen Wodka. Die Flaschen sind bereits bis zur Hälfte geleert, Gläser und leere Flaschen der vergangenen Tage im ganzen Zimmer verstreut. Die Eltern wissen zwar nicht, was dieser Besucher von ihnen will, doch sie sind gastfreundlich und schenken ihm ein Glas Wodka bis zum Rand voll.
»Was wollen Sie wissen von uns?«, fragt der Vater, und man merkt ihm seine Unsicherheit an. Seine Frau trinkt ihr halb volles Glas auf einen Zug aus und nickt.
»Ich würde gerne wissen, wo Ihre Tochter ist?«
»Meine Tochter?«, fragt die Mutter erschrocken.

»Sie ist in der Stadt und arbeitet da«, antwortet der Vater lallend. Wenn man ihn so ansieht, diese Gestalt, die, so scheint es, das letzte Stück Verstand dem Alkohol geopfert hat, glaubt man seiner Schilderung.
»Die hat geheiratet. So einen aus der Stadt. Wissen Sie, die Eltern des Bräutigams unserer Tochter arbeiten beim Gericht. Ich glaube, sie wollte nicht, dass wir zur Hochzeit kommen, wegen ... sie hat sich halt geschämt, weil ich keine Arbeit habe und weil wir hier in dieser einfachen Wohnung leben.«
»Und geht es Ihrer Tochter gut?«
»Natürlich, die haben doch alles, die in der Stadt. Meiner Tochter geht es sehr gut.«
»Wann haben Sie sie denn zum letzten Mal gesehen?«
»Das ist noch gar nicht so lange her«, mischt sich die Mutter ein und beeilt sich, ihr Glas wieder zu füllen.
»Mehr als zwei Jahre?«
»Nein, nein, ein paar Wochen vielleicht!« Die Mutter hat nun leichte, wohl vom Wodka herrührende Sprachschwierigkeiten.
»Du alter geiler Bock, hättest sie wohl auch gerne gehabt, was?« –Der Vater des Mädchens gestikuliert lachend, was er meint.
Auf einem kleinen Tisch steht ein Bild mit einem versilberten Rahmen. Man sieht ein hübsches sechzehnjähriges Mädchen, das lächelnd in die Zukunft blickt. Unbefangen lächelt sie, wie sich später herausstellt, in die Kamera ihres Verlobten. Doch er ist nicht nur ihr Verlobter, er ist auch ihr Mörder. Der Mann, der ihr die Liebe versprach und sie auf grausamste Weise um ihr junges Leben brachte.
»Eigentlich war sie es, die mich zu dem machte, was ich geworden bin«, sagt ihr Verlobter Sascha heute. »Sie wollte in

eine gute Familie einheiraten, nicht mehr auf dem Lande bei ihren ständig betrunkenen Eltern leben. Sie wollte raus aus dem Elend, das ihr Zuhause war, weg von ihrem gewalttätigen Vater, der langsam ihre heranwachsende Weiblichkeit zur Kenntnis nahm, der ihren Körper immer mehr begehrte.«

Man bedankt sich bei den Eltern für die Gastfreundschaft und bemerkt die Freude der beiden darüber, dass man den Wodka nicht angerührt hat. Man denkt an das Mädchen, das sterben musste. Wen wundert es, dass in dieser Stadt Nowokusnezk ein Mädchen, das tot aus der Wohnung eines Ungeheuers getragen wird, niemanden interessiert, wenn nicht einmal die Eltern ihre Tochter vermissen?
Stundenlang wach im Bett liegend, denkt man darüber nach, was man erreicht hat durch die langen Recherchen. Was nützte dieser Besuch bei zwei Menschen, die der Alkohol ruiniert hat, deren Sinne ständig umnebelt sind, die weit entfernt von aller Realität leben? Unverständlich, wie Eltern ihre Tochter einfach vergessen können. Ein Mädchen, gerade in einem Alter, in dem sie ihre Mutter so sehr gebraucht hätte ... Wer will den Eltern berichten, was vorgefallen ist?

▌ Der Fund am Ufer

Niemand wundert sich mehr darüber, was in dieser tristen Stadt geschieht. Keines dieser abgestumpften Geschöpfe nimmt mehr wahr, dass in der Industriestadt Nowokusnezk innerhalb von Monaten immer mehr Mädchen spurlos verschwinden. Niemand in dieser Stadt sorgt sich um das Leben neben seiner Haustür. Man ist mit sich selbst beschäftigt, was kümmern einen da die Schicksale im Hause nebenan. »Denen geht es auch nicht besser als uns«, das hört man öfter.
Man hätte einen Aufschrei der Empörung erwartet, doch diese Stadt ist in Lethargie verfallen. Alle Berichte der örtlichen Presse über Gräueltaten in Nowokusnezk und Sibirien verpuffen in der Luft. Das Entsetzen der Bevölkerung hält sich in Grenzen. Der Tod spielt in diesem Land offensichtlich keine große Rolle mehr. Morde und Vergewaltigungen sind an der Tagesordnung.
An einem freundlichen Sonnentag im Sommer 1996 sollte sich jedoch alles schlagartig ändern. Nowokusnezk wurde von einem Ereignis erschüttert, das die Grenzen der menschlichen Vorstellungskraft überschreitet.
Am Ufer des kleinen Flusses Abuschka fängt alles an. Viele Frauen der Stadt kommen hierher, um ihre Wollteppiche im Fluss zu waschen und dann an den steinigen Ufern zu trocknen. Viele große Steinplatten, die in das Flussbett reichen, machen es den Frauen leicht, ihre bunten Teppiche durch das Wasser zu ziehen.
An diesem Tag sehen die Frauen unerklärliche Gegenstände an der Wasseroberfläche treiben. Undefinierbares Treibgut, das in den Wellen auf und ab taucht. Sie treten an die vorderste Platte, die sich im Wasser befindet, und beobachten die merkwürdigen Gegenstände. Sie wollen

noch immer nicht wahrhaben, was doch längst jede von ihnen zur Kenntnis genommen hat...
Es sind Knochen, zum Teil noch mit verwestem Fleisch, die der Fluss zum Ufer treibt. Im ersten Moment denken sie an tote Tiere, vermuten, dass dieses Treibgut aus einer Großschlächterei stammt. Immer näher rücken die Frauen zusammen, und immer näher kommt die Fracht des Schreckens. Kleine und große Knochen, und es werden immer mehr. Doch eine Großschlächterei gibt es nicht am Ufer des Flusses. Woher also kommen diese Knochen?
Den Frauen stockt der Atem. Entsetzt treten sie von der Steinplatte zurück, als sie – wie in einem Horrorfilm – einen menschlichen Kopf auf sich zutreiben sehen. Die Wellen lassen den Kopf an der Wasseroberfläche erscheinen und wieder verschwinden. Ein grauenvolles Szenario ohnegleichen. Totenstille.
Die Frauen fassen sich an den Händen. Sie suchen Schutz vor dem Unerklärlichen. Aufgeregt fuchteln sie mit den Armen und schreien sich die Angst aus dem Leibe. Auf der nahe gelegenen Brücke kann sich niemand ihr Verhalten erklären. Sie wollen sich bemerkbar machen, doch der Straßenlärm auf der Brücke lässt ihre Rufe verhallen. Wie versteinert stehen sie eng beieinander auf der dem Ufer am nächsten gelegenen Steinplatte und können nicht fassen, was sie sehen. Nur wenige Meter von ihnen entfernt haben sich die langen schwarzen Haare an einem tief ins Wasser reichenden Busch verfangen. Es gibt keinen Zweifel mehr: Was sie da mit großen schwarzen Augen ansieht, ist der Kopf eines Mädchens ohne Körper. Wie ein Schleier treiben die dunklen Haare an der Oberfläche, als wollten sie das Fehlen des Körpers verbergen.
Die Frauen rennen die Uferböschung hinauf und versuchen so schnell wie möglich die Brücke zu erreichen. Der

Schock sitzt ihnen tief in den Gliedern, sie wollen das Gesehene mitteilen, es loswerden. Sie rennen, ohne nach links oder rechts zu blicken, auf die stark befahrene Brücke.
Der Verkehr kommt zum Erliegen. Reifen quietschen, wütende Fahrer steigen aus ihren Fahrzeugen und wollen die Frauen beschimpfen. Im Nu sind die Frauen von zornigen Männern umringt, die ihr Verhalten nicht verstehen können. Verärgert gehen sie auf die Frauen zu.
»Seid ihr verrückt geworden«, ruft man ihnen entgegen.
»Nein, schauen Sie zum Flussufer, dort schwimmen lauter Leichen«, bringt eine der Frauen heraus.
»Ihr seht wohl Gespenster, ihr verrückten Weiber«, ist die einzige Antwort. Doch die Neugierde siegt bei den Leuten der Stadt, und so treibt sie die Ungewissheit zum Brückengeländer. Weit nach vorne gebeugt, suchen sie den Fluss ab. Zunächst können sie nichts Ungewöhnliches erkennen, außer den vielen am Ufer zum Trocknen ausgelegten Teppichen. Sie wollen sich schon abwenden, um die Frauen zu verhöhnen. Plötzlich tritt eine Frau hervor und deutet, ohne ein Wort zu sagen, auf eine Uferstelle. Voller Aufregung, mit hochrotem Kopf, ruft ein älterer Herr in die Menge: »Um Gottes willen, da ... da ist alles voller Leichen«, und tritt geschockt einige Schritte vom Geländer zurück.
Längst ist ein riesiger Menschenauflauf auf der Brücke entstanden, wild gestikulierend stehen die Menschen herum und schauen zum Ufer des Flusses. Der Verkehr auf der Brücke und im näheren Umfeld ist mittlerweile zusammengebrochen. Die zur Brücke führenden Straßen sind verstopft. Es gibt kein Weiterkommen mehr, und so dauert es nicht lange, bis die erste Polizeistreife auf den Menschenauflauf aufmerksam wird.

Zunächst lachen die Beamten, als man ihnen den Sachverhalt vorträgt. Zu unvorstellbar ist auch für sie, dass Teile menschlicher Leichen in diesem Fluss angeschwemmt wurden. Hätten die Frauen von einer einzigen Leiche gesprochen, hätte man es glauben können. Aber gleich mehrere Leichen, das lässt die Männer doch stark an der Glaubwürdigkeit dieser Aussagen zweifeln.
»Kommen Sie, zeigen Sie uns die Stelle, wo die Leichen sind«, sagt ein Beamter mit ironischem Unterton.
»Nein, da gehe ich nicht mehr hin. Sie brauchen nur ein paar Meter am Ufer entlang zu gehen, dann sehen Sie sie schon«, gibt eine der Frauen zu verstehen.
»Na gut, bleiben Sie hier, vielleicht brauchen wir Sie noch.« Die Frauen verstehen nicht, was sich die Beamten untereinander zuflüstern. Nur deren Lächeln lässt sie erahnen, für wie unwahrscheinlich sie die Aussage halten.
Nur wenige Meter von der bezeichneten Uferstelle entfernt bleiben die Herren stehen. Nun sind sie es, die aufgeregt umherlaufen und heftig diskutieren. Der Anblick der unzähligen Knochen und des sich durch die Wellen ständig drehenden Kopfes versetzt die Beamten in Entsetzen.
Zunächst versucht man, die Brücke abzuriegeln und den Straßenverkehr wieder in Gang zu bringen. Die auf der Brücke parkenden Fahrzeuge werden allmählich wieder in den Verkehr eingeleitet, die Brücke wird gesperrt. Längst haben unzählige Schaulustige die Brücke in Beschlag genommen. Den herbeigerufenen Polizeibeamten fällt es schwer, sich einen Weg durch die Menschenmenge zu bahnen. Ein leitender Polizeibeamter holt über Funk Verstärkung, und in Kürze ist die Brücke menschenleer.
Noch weiß niemand, dass hier am Ufer des kleinen Flusses Abuschka, von den Stadtbewohnern liebevoll »Aba«

genannt, ein Kriminalfall ins Rollen kommt, der die ganze Stadt noch in Angst und Schrecken versetzen wird.

Das inzwischen weiträumig abgesperrte Gelände wird nun von Gerichtsmedizinern und der örtlichen Mordkommission Zentimeter für Zentimeter untersucht. Man besorgt einen Fischkäscher, mit dem ein junger Polizeibeamter das angetriebene Strandgut zu bergen versucht.

Ein Polizeireporter erzählt

Neben den untersuchenden Polizeibeamten gibt es einen Mann in dieser Stadt, der diesen Tag nie mehr in seinem Leben vergessen wird. Wie immer, wenn in dieser Stadt etwas Außergewöhnliches geschieht, ist er zur Stelle. Meist als Erster. Zu gute Beziehungen hat er zu den örtlichen Polizeistellen. Ein Mann, der viel zu erzählen weiß. In einem persönlichen Gespräch will er sich befreien von dem, was er an diesem Tag in Nowokusnezk erlebt hat. Es ist der Polizeireporter Michael S. Er war als erster Journalist am Fundort.

»Von wem erfuhren Sie von dem Fund am Fluss?«

»Nun, sehen Sie, in unserer Stadt gibt es ja nur diese eine Zeitung. Für Morde, Vergewaltigungen und alle Straftaten, die mit Gewalt zu tun haben, bin ich zuständig. Die Polizei holt mich in der Regel dazu, weil ich ihnen kostenlos Fotos liefere. Die haben doch gar keinen eigenen Fotografen.«

»Heißt das, nur Sie schießen die eigentlichen Polizeifotos für die Ermittlungen?«

»Die Polizei fotografiert natürlich auch. Doch mit der Ausrüstung, die die Leute haben, kann man keine vernünftigen Aufnahmen machen. So hat sich das mit der Zeit so geregelt, dass meist meine Fotos verwendet werden.«

»Wenn Sie zurückblicken auf diesen Tag, wie ist das alles abgelaufen?«

»Es war schrecklich! Nach einem Anruf der Polizeistation wurde ich an diesen Platz beordert. Ich fuhr mit einem sehr flauen Gefühl im Magen los. Der Beamte sagte mir: ›Fahren Sie an den angegebenen Ort. Dort wurden Leichenteile angeschwemmt, die fotografiert werden müssen. Und kein Wort darüber zu anderen. Haben Sie das verstanden?‹ Diese lapidare Auskunft des Beamten ließ mich bereits ahnen, dass etwas Schreckliches auf mich zukommen würde. So wurde ich beauftragt, für die Polizei Bilder zu schießen, die die ganze Stadt in Angst und Schrecken versetzen würden. Die Fotos sollten sich auch in mein Gehirn eingraben.«

Man sieht ihm an, dass er noch immer geschockt ist, wenn er darüber erzählt: »Mit meinen dreißig Jahren habe ich schon viel gesehen. Das bringt mein Beruf so mit sich. Menschen, die getötet wurden, Menschen die bei Verkehrsunfällen ums Leben gekommen sind – aber was sich an diesem Tag zutrug, sprengte all meine Vorstellungskraft.«

Er wirkt sehr nervös, als er beginnt weiterzuerzählen: »Sie können sich sicher vorstellen, welch ein Anblick es war, die vielen Leichenteile im Wasser zu sehen, die sich in den Büschen des Ufers verfangen hatten. Noch immer wollte jeder der Anwesenden glauben, dass dies keine Überreste von Menschen, sondern von Tieren seien. Einer der Beamten, die die Teile mit dem Käscher aus dem Wasser holen sollten, wurde ohnmächtig und fiel ins Wasser. Als sie ihn herausgeholt und durch einen anderen Beamten ersetzt hatten, machten sie weiter. Dann trafen die Männer der Gerichtsmedizin ein. Die wirft so leicht nichts um.

Insgesamt wurden zweiunddreißig Leichenteile geborgen:

nackte Beine, Arme, Hände, Füße, Teile vom Rumpf. Wir alle waren geschockt. Am meisten Entsetzen machte sich aber breit, als Walerij den eigentlich grauenvollsten Fund, einen Kopf, barg. Man konnte feststellen, dass selbst ein solch hartgesottener Mann Gefühle hat. Zunächst wollte er den Kopf an den Haaren aus dem Fluss ziehen, doch er überlegte es sich anders, er nahm ihn in beide Hände und übergab ihn dem Mitarbeiter der Gerichtsmedizin, der alles in Plastikbeutel packte. Es sah aus, als hätte er einen Pokal in seinen Händen. Es war der Kopf eines Mädchens mit weit aufgerissenen Augen, ich werde den Anblick in meinem Leben nie mehr vergessen.«
Michael S. hat nur einen Wunsch: ein Glas Wodka. Seine Hand nimmt unruhig die Flasche, und er gießt sich das Glas randvoll ein. Nach einem kleinen Schluck ist er bereit, weiterzuerzählen.
»Jedes einzelne Teil, das die Männer aus dem Flussbett fischten, musste ich fotografieren. Dann kam alles in Plastikbeutel und wurde mit Nummern versehen. Immer wieder schrie der Gerichtsmediziner: ›Fischt weiter, da müssen noch viele Köpfe im Wasser sein.‹ Doch gefunden wurde nur einer. Ich habe noch immer den Anblick vor Augen. Mir schlotterten die Knie, als ich auf meinen Auslöser drückte. Auch an dem erfahrenen Mitarbeiter der Gerichtsmedizin schien nicht alles spurlos vorübergegangen zu sein. Denn als er den Kopf in die Plastiktüte legte, drehte er sich um und übergab sich. Dann stieg er die Böschung hinauf und bat seinen Vorgesetzten, ihn ablösen zu lassen. Als ich dann endlich das letzte Leichenteil fotografiert hatte, befahl mir der Staatsanwalt, die Bilder noch an diesem Tag zu entwickeln. Ich fuhr nach Hause und weinte, verfluchte meinen Beruf und hatte nur einen Gedanken: ›Welche Bestie hat dies getan?‹«

»Wie hat die Bevölkerung reagiert nach Ihrem ersten Zeitungsbericht?«
»Zunächst durfte ich nichts über den Fund berichten. Man wollte erst die Ergebnisse der Gerichtsmedizin abwarten. Die Mediziner des örtlichen Institutes arbeiteten Tag und Nacht. Die Polizei von Nowokusnezk war in höchster Alarmbereitschaft. Die unmittelbar nach der Bergung einsetzende Fahndung nach den Tätern lief auf Hochtouren. Doch leider vergebens.«

Die vergebliche Suche nach den Tätern

Nach einigen Tagen geben die Gerichtsmediziner bekannt: »Die aufgefundenen Leichenteile stammen von insgesamt sechzehn Personen, die alle weiblichen Geschlechts und unter sechzehn Jahre alt waren. Nur der Fund eines Kopfes kann uns weiterbringen. Die restlichen Leichenteile sind stark verwest, zumindest ein Teil davon.«
Noch immer will man der Öffentlichkeit nicht mitteilen, dass von den meisten Knochen das Fleisch abgeschält wurde, wie das gerichtsmedizinische Institut festgestellt hat. So wurden Oberkörper geborgen, die nur aus Gerippe bestanden. Es wurde viel verschwiegen, vielleicht auch aus menschlichen Gründen, das würde für die Ermittler sprechen. Niemand kann sich vorstellen, was die Angehörigen dieser jungen Menschen mitgemacht hätten, wenn sie erfahren hätten, was mit ihren Kindern geschehen ist.
Man weiß lange nicht, wessen Kinder das sein könnten. Die Militärpolizei geht die Unterlagen vermisster Jugendlicher durch, findet aber keinerlei Zusammenhänge. So nimmt man zunächst an, dass es sich um eine Familientragödie handeln könnte, doch auch dafür gibt es keinerlei

Beweise. Überhaupt: Vielleicht wurden die Leichenteile auch in einer anderen Stadt in den Fluss geworfen, so die Vermutung eines Beamten aus Nowokusnezk. Also verständigt man die Polizeistationen der Ortschaften, die am Fluss liegen.
Unzählige Telefonate werden geführt. Ein Bild von dem Gesicht des Mädchens, dessen Kopf gefunden wurde, wurde an die Polizeistationen verteilt. Doch so sehr man sich auch bemüht, nichts bringt die Staatsanwaltschaft auch nur einen Schritt in ihren Ermittlungen weiter. So sehr man auf Aufklärung hofft, es gehen nur sehr wenige Hinweise aus der Bevölkerung ein, und diese sind allesamt nutzlos. Letztlich bleibt also nur Nowokusnezk als Tatort übrig. Der oder die Täter müssen aus dieser Stadt sein, dessen ist man sich nun sicher.
So beschließt die Staatsanwaltschaft, die Nachrichtensperre wenig später aufzuheben. In ganz Sibirien sind die Bilder des Grauens zu sehen. Seitenweise werden sie veröffentlicht. Wieder hofft man auf Hinweise. Radio- und Fernsehstationen berichten fast stündlich darüber. In der ganzen Stadt, in allen Lokalen und Geschäften gibt es bei den Menschen nur noch einen Gesprächsstoff: das schreckliche Rätsel, wer dem Fluss die grausige Fracht übergeben hat.
Die abenteuerlichsten Gerüchte gehen um in Nowokusnezk. Zuhälter werden verdächtigt, sich ihrer Mädchen entledigt zu haben, aus Angst vor Entdeckung. Ein Monster, ein Frauenhasser, wird in Erwägung gezogen. Als die Menschen dieser Stadt erfahren, dass sich an den Leichenteilen kaum Fleisch befand, glauben die Menschen an ein wildes Tier, das diese Opfer gerissen haben könnte. Aber man denkt auch an einen Menschenfresser. Einen Kannibalen, der in den Wäldern um die Stadt sein Unwesen treibt und

aus Hunger mordet. Erst vor zwei Jahren wurde ein Mann verurteilt, der in Sibirien allein in einem Wald lebte und Frauen und Männer beim Holz- oder Pilzesammeln tötete und aß.

Die Polizei und das um Verstärkung gebetene Militär sind im Einsatz. Doch tagelange Suchaktionen in den Wäldern um Nowokusnezk bringen keinerlei Hinweise. Insgeheim ist man froh darüber. Zu schauerlich ist allein der Gedanke, eine solche Bestie aufzufinden.

Nachdem man mit den Ermittlungen nicht weiterkommt, sprechen die Menschen hinter vorgehaltener Hand aus, was viele schon von vornherein vermuteten: Da hat bestimmt die Mafia ihre Hand im Spiel. Womöglich wurden die Mädchen aus einem anderen Ort hierher gebracht, zumal offensichtlich niemand in der Stadt die Mädchen vermisst. Man glaubt, dass die mächtige Mafia Menschen in dieser Stadt »entsorgt« habe, in der Gewissheit, dass in diesem verlassenen Teil des Landes nie etwas ans Licht gebracht und auch nicht bis zu den fernen Hauptstädten vordringen würde.

Polizeistreifen werden gefordert und, um die Bevölkerung zu beruhigen, auch in großem Maße durchgeführt. Doch meist enden diese Streifen in der nächsten Kneipe. Noch nie sah man in den Lokalen der Stadt so viele Polizisten in Uniform. Als dies nicht nur den Einwohnern, sondern auch den Vorgesetzten auffällt und diese die Beamten zur Rede stellen, erklärt man, von den Kneipenbesuchern Hinweise zu erhalten.

Noch immer liegt ein dunkler Schatten über der Stadt, und dieses bedrückende Gefühl ist berechtigt. Denn noch immer sind der oder die Täter nicht gefasst. So geht weiter die Angst um in Nowokusnezk. Junge Mädchen trauen sich nach Einbruch der Dunkelheit nicht mehr auf die

Straße. Sie werden argwöhnisch gegen jeden Fremden, ja selbst gegen Freunde.

Das Fenster zur Hölle schließt sich nur langsam, und es vergeht Zeit, bis sich die Ängste der Dunkelheit auflösen und den Blick wieder freigeben auf das Licht des unbeschwerten Lebens.

So ziehen Monate ins Land, und die Bevölkerung denkt allmählich nicht mehr an die schrecklichen Funde im Fluss Abuschka. Auch für die Medien ist dieser »Fall« nicht mehr von Interesse, und so bleibt der Tod von sechzehn Mädchen ungeklärt. Natürlich treffen vereinzelt Hinweise bei der Polizei ein, doch zu neuen Erkenntnissen führen sie nicht.

Die Polizei ist froh, dass dieser Fall in Vergessenheit gerät, denn man ist keinen Schritt weitergekommen. Die örtliche Polizei hat schnell registriert, dass die Leute viel zu sehr mit sich selbst beschäftigt sind, als sich über die Funde noch Gedanken zu machen.

Mysteriöse Vorfälle im Gericht

Was niemand in dieser Zeit bemerkt, ist, dass sich zwei Mitarbeiterinnen des Gerichts stets über den neuesten Stand der Ermittlungen informieren lassen, obwohl sie gar nichts mit dem Fall zu tun haben. Selbst die Akten des Staatsanwaltes sind vor den beiden Frauen nicht sicher. Als man sie eines Abends im Büro des Staatsanwaltes mit dem Ordner erwischt, geben sie zur Antwort: »Den Ordner braucht morgen der Ermittlungsrichter, er will die Akten morgen früh auf seinem Schreibtisch haben.«

Dem Staatsanwalt kommt dies sonderbar vor, und so ruft er am nächsten Tag den Ermittlungsrichter an. Er fragt ihn: »Zwei Mitarbeiterinnen von Ihnen haben gestern

Abend die Akte über die Ermittlungen von den Leichenfunden im Fluss Aba für Sie geholt, geht das in Ordnung?«
»Welche Akte?«, fragt der Richter barsch.
»Die Akte der angeschwemmten Leichenteile im Fluss Aba«, wiederholt der Staatsanwalt.
»Von wem soll sie abgeholt worden sein?«
»Na, von Ihren beiden Damen im Vorzimmer«, klärt der Staatsanwalt auf.
»Ach so, ja ja, das geht schon in Ordnung«, beruhigt der Richter den Staatsanwalt. »Ich habe zwar eine ganz andere Akte angefordert, aber Sie wissen ja... wo diese Frauen auch immer ihren Kopf haben! Ich lasse Ihnen den Ordner gleich wieder vorbeibringen.«
»Ach, die neugierigen Weiber«, mit diesen Worten hat sich das Thema erledigt. Erledigt für alle Ermittler, die eigentlich jede Spur hätten verfolgen sollen. Aber niemand interessiert sich dafür. Man gibt vor, allen Hinweisen nachgegangen zu sein, dabei liegen Aktenleichen zuhauf in der Registratur des Gerichtes. Man befindet es nicht für nötig, auch nur einmal die ungeklärten Fälle der vergangenen Jahre zu überprüfen. Vielleicht haben auch einige Akten gefehlt, waren nicht auffindbar für die zuständigen Beamten. Dies würde viel erklären.
»Alle haben geschlampt. Jeder gab vor, alles getan zu haben, um diese schreckliche Geschichte aufzuklären. Ich kann mir nicht vorstellen, dass auch nur ein Beamter versucht hat, weiter zu ermitteln, sobald das Wort Mafia ins Spiel kam«, erklärt ein junger Polizeibeamter, der es wissen muss, denn auch er gehörte dem Sonderdezernat an, das für diesen Fall eigens gegründet wurde.
»Glauben Sie, ich will mein Leben verlieren?«, erklärt er aufgeregt. »Wenn die Mafia ihre Finger im Spiel gehabt hätte, wäre es nicht nur um mich und mein Leben gegan-

Der Leichenträger der Gerichtsmedizin, Andrej Schtscherbakow

gen, nein, ich hätte das Leben meiner ganzen Familie aufs Spiel gesetzt. Würden Sie das tun, für einen Lohn, den sie sowieso nur selten bekommen? Ein Polizist hier in Sibirien ist für die meisten Menschen der größte Trottel. So reden sie auch über uns. Kein Polizist, das ist hier die Meinung, hat eine abgeschlossene Schulbildung. Nur Idioten treten diesen Dienst an, so sagt der Volksmund. Aus diesem Grunde haben wir uns auch nicht zu weit aus dem Fenster gelehnt, um Täter zu ermitteln, die womöglich unser Leben gefährdet hätten.«
Auch die Staatsanwaltschaft nicht, was sich noch als großer Fehler herausstellen sollte.

Wasserrohrbruch

Wladimir, ein pfiffiger Junge von knapp zehn Jahren, schlurft an der Hand seiner Großmutter über den schneebedeckten Boden. Übermütig reißt er die Eiszapfen von den Fensterbänken und lutscht genüsslich an der willkommenen Erfrischung. »Endlich wieder Winter«, ruft er freudig seiner Babuschka zu und hält sein Gesicht zum Himmel. Er genießt die fallenden Schneeflocken, die sich wie Daunenfedern auf seine roten Wangen legen.
Seine Großmutter freut sich mit ihm und denkt an ihre Jugend. Eine schwere Zeit liegt zwischen damals und heute. An der kleinen Hand ihres Enkels will sie nicht mehr an die vergangenen Zeiten denken. Sie genießt das Heute, freut sich, dass sie in Nowokusnezk zu denen gehört, denen es gut geht.
Dimitri, ihr Sohn, bringt genügend Geld nach Hause, um sich und seiner Mutter ein sorgenfreies Leben zu ermöglichen. Wie er sein Geld verdient, obwohl er meist bis Mittag schläft, kümmert die alte Frau nicht. Sie ist glücklich, nicht jede Kopeke zehnmal umdrehen zu müssen, wenn sie ihrem Enkel eine Freude bereiten will. Die Armut, die Not um sie herum beachtet sie nicht. Lange genug hat sie sie durchlebt, die Zeit des ständigen Hungers. Wer will ihr verdenken, dass sie nicht danach fragt, wo all das Geld herkommt. Sie liebt ihren Sohn und ist stolz auf das, was er zu Wege gebracht hat in dieser schwierigen Zeit. Er lebt allein: Die Mutter seines Sohnes ist bei der Geburt gestorben. Seitdem hat er sich verändert. Er, der lebenslustige junge Mensch, ist zu einem stillen, in sich gekehrten Mann geworden. Die alte Frau ist noch einmal aufgeblüht in der tristen Welt Sibiriens. Noch einmal darf sie die Freuden genießen, die diese Stadt zu bieten hat. Der neu gekaufte

Kühlschrank ist voller Lebensmittel, die sie früher in den Geschäften nur bewundern konnte. Vergessen ist das Sortieren der billigen Ware vom Markt. Vergessen der Samowar, der umständliche Selbstkocher, von dem die russische Bevölkerung glaubt, ihn erfunden zu haben. Heute besitzt sie einen Elektroherd, und die Zentralheizung bietet sichere Wärme im Winter. Das Haus, das sie mit ihrem Sohn bewohnt, wird separat beheizt und ist nicht an die zentrale Fernheizung angeschlossen. Ein Privileg, das eigentlich nur hohe Beamte und Funktionäre für sich in Anspruch nehmen können. Mit skeptischem Blick betrachtet die Babuschka die vielen Kreditbüros, die in der Stadt erblüht sind. Sie nimmt die kleine Hand etwas fester in die ihre, sieht ihren Enkel nachdenklich an, und sein Lachen lässt sie die dunklen Wolken, die am Horizont aufziehen, vergessen. So schlendern die beiden durch die Straßen und genießen den Tag.

Im November 1996 fällt in einem Mietshaus in der »Straße der Pioniere« die Heizung aus. Irgendwo ist ein Rohr gebrochen. Das Treppenhaus steht unter Wasser. Aufgeregt eilen die Mieter des Hauses zusammen und suchen nach der Ursache. Sie finden sie: Das Wasser scheint aus der Wohnung von Ludmilla und Sascha Spesiwtsew zu kommen. Sie klingeln an der Wohnungstür, doch es wird ihnen nicht geöffnet. Sie rufen nach dem Hausmeister, doch der hat seit Monaten keinen Lohn mehr erhalten. Er will nichts unternehmen.
»Aber er hat doch eine kostenlose Wohnung, da könnte er doch wenigstens ein klein wenig arbeiten«, beschwert sich eine Mieterin. Dass fast alle Mieter in diesem Haus keine Miete mehr bezahlen, kommt ihr in dem Augenblick nicht in den Sinn.

»Wir können doch nicht tatenlos zusehen, wie auch unsere Wohnungen bald unter Wasser stehen«, wirft eine Mieterin des Hauses ein, in Angst um ihren neuen Teppich. Natürlich ist auch sie neugierig, was sich hinter dieser Wohnungstür verbirgt, um die sich so viele Geheimnisse ranken. Längst ist allen bekannt, wie laut es in der Wohnung der Spesiwtsews oft zugeht.

»Na, so weit muss es noch kommen, dass ich mich von meinem eigenen Sohn schlagen lasse«, bemerkt eine Mieterin, die natürlich auch die Geschichten über den missratenen Sohn der Spesiwtsews kennt. »Wundert Sie das, wenn kein Vater da ist?«, fügt sie noch schnell hinzu.

Während das Wasser unaufhaltsam aus der Wohnung quillt und niemandem einfällt, wie man das Problem lösen könnte, meldet sich der Mieter aus dem sechsten Stock zu Wort: »Ich rufe einen Installateur, der wird das schon richten.«

Ein Wunder: Dieser kommt tatsächlich herbeigeeilt – der Grund ist, dass er den Anrufer persönlich sehr gut kennt und weiß, dass er Vorkasse erhalten wird. Auch der Fachmann ortet den Schaden in der Wohnung der Familie Spesiwtsew.

Er will die Wohnung nicht gleich gewaltsam öffnen. Als aber trotz Klingeln und Klopfen nichts passiert, beschließt er, das Schloss mit einem Bohrer zu knacken. Da die Wohnungstür jedoch mit drei Schlössern gesichert ist, zieht sich die Arbeit des Klempners noch etwas hin. Die Hausbewohner stehen hinter ihm, und ihre Nervosität überträgt sich auf ihn.

Nach knapp einer Stunde hat er sein Werk vollendet, und er grinst stolz. Die Bewohner aber würdigen ihn keines Blickes mehr, zu sehr interessieren sie sich für die Wohnung. Das Wasser ist nebensächlich geworden.

»Jetzt werden wir gleich sehen, was an den Gerüchten über diese Familie dran ist«, sagt ein älterer Herr, der zu den ersten Bewohnern des Hauses gehört. Die Stahltür wird langsam geöffnet. Die neugierigste Nachbarin gibt der Tür noch einen Stoß und betritt als Erste die Diele. Aufgeregt ruft sie den Namen des Mieters, doch sie bekommt keine Antwort. Der Klempner und die restlichen Hausbewohner bleiben vor dem Eingang stehen und hören die Rufe der Frau – doch plötzlich verstummt sie. Nur das gluckernde Wasser ist noch zu hören. Stille, eine unnatürliche, unheimliche Stille beherrscht die Szenerie. Gestank, kupfern wie geronnenes Blut, steht in der Luft. Noch immer hört man die Frau nicht. Gesichter mit großen Augen und offenen Mündern versuchen, in der dunklen Diele Details auszumachen.
Die Frau schreit. Die Gruppe zuckt zusammen.
»Hilfe! Hilfe! Polizei! Hier sind lauter Tote!«
Verstört rennt sie hinaus ins Treppenhaus, an den Schaulustigen vorbei, und schreit nochmals: »Holt doch endlich die Polizei, da sind Tote in der Wohnung!«
»Ach was, ich habe die Familie doch heute noch gesehen.«
Mit diesen Worten betritt eine weitere Frau die Wohnung. Leichenblass, verstört kommt auch sie nach wenigen Sekunden zurück. Im Flur muss sie sich erbrechen. Da die anderen Wartenden unschlüssig scheinen und kurz davor sind, die Wohnung ebenfalls zu betreten, warnt sie keuchend: »Geht da nicht rein! Holt die Polizei, holt die Polizei... es ist schrecklich.«
Die Polizeibeamten glauben zunächst an einen Scherz, als sie die Nachricht erhalten: »Kommen Sie schnell, die ganze Wohnung ist voll von Toten ohne Köpfe.«
Vielleicht ist es auf die Ungeheuerlichkeit der Aussage zurückzuführen, dass die Polizei erst nach zwei Stunden

kommt, um die Wohnung zu besichtigen. Noch immer steht im Hausflur ein Pulk aufgebrachter Mieter.

»Nun lassen Sie uns schon durch«, fordert der eine Beamte die Leute auf; ohne ein Wort machen sie Platz.

»Bleibt ihr vor der Tür stehen, damit niemand sonst die Wohnung betritt. Ich gehe mal rein und sehe nach, was da los ist«, sagt einer der Beamten zu seinen Kollegen. Auch er kommt nach nur wenigen Sekunden zurück. Sofort ordnet er die Absicherung der Wohnung an: »Lasst ja niemanden hinein, ich verständige die Dienststelle und das Gericht.«

Eine Nachbarin macht den Beamten vor der Tür ihre Vorhaltungen: »Ich habe es doch immer gesagt, in der Wohnung stimmt was nicht, so oft haben wir schon nach euch gerufen, aber es ist ja nie jemand gekommen.«

»Gehen Sie in Ihre Wohnung zurück, Sie stören hier die Ermittlungen«, erwidert ihr schroff einer der Beamten. Mürrisch verschwindet die Nachbarin in ihrer Wohnung. Natürlich lässt sie die Tür einen Spalt offen, um ja nichts zu versäumen.

Das Protokoll des Staatsanwalts

Was dann geschah, berichtet der Staatsanwalt Jewgenij Maritschew, ein etwa fünfunddreißig Jahre alter Mann mit schwarzem, nach hinten gekämmtem Haar, später so: »Wir konnten uns nach diesem Anruf zunächst nicht vorstellen, dass sich mehrere Leichen in einer Wohnung in dieser guten Wohngegend befinden sollten. Wir überlegten lange, ob wir nicht nur eine Polizeistreife vorbeischicken sollten, um den Sachverhalt aufzuklären. Doch ein Anrufer aus diesem Haus, wir kannten ihn, war uns glaubwürdig genug, um auch die Staatsanwaltschaft zu verständigen. Was soll ich Ihnen sagen, wir trafen uns mit der Polizei vor dem Haus und betraten es gemeinsam. Zunächst mussten wir die hysterisch schreienden Mieter beruhigen und in ihre Wohnungen zurückschicken. Durch die Aufgeregtheit der Frauen, die offensichtlich vor uns diese Wohnung betreten hatten, waren auch wir gespannt, was uns hier erwartete. Ich glaube, alle anwesenden Herren hatten Angst. Jeder Beamte, der diese Wohnung inspizieren sollte, bemerkte sofort den üblen Leichengeruch. So war allen klar, was auf sie zukommen würde.«

»Und was fand man wirklich vor?« Eine neugierige Frage.

»Ich glaube, ich lese Ihnen das Protokoll vor, das ich aufnehmen ließ. Es spricht für sich.«

(Die Staatsanwaltschaft hat die Ereignisse nicht nur schriftlich niederlegen lassen, sondern alle Räume, alle Details in der Wohnung per Video gefilmt. Diese Bilder sind das schrecklichste Beweisstück, das der Autor dieses Buches je zu sehen bekam.)

»Eigentlich war es eine Wohnung wie jede andere in dieser Stadt. Sie vermittelte einen aufgeräumten und wohnlichen Eindruck, wenn man die Diele betrat. Das erste Zimmer auf der rechten Seite war das Wohnzimmer. Zunächst konnte man nichts Verdächtiges in dem Raum ausmachen. Auf einem Sofa lag ein mit einer Decke zugedecktes Mädchen, dessen Gesicht man nicht erkennen konnte.

Das nächste Zimmer auf der linken Seite, das wir betraten, war wohl ein Schlafzimmer. Es war mit einem Schrank und einem Doppelbett möbliert, und außer den Postern von halbnackten Mädchen, die überall an den Wänden hingen, war nichts Auffälliges zu erkennen. Der Gestank in der Wohnung wurde immer stärker. Wir gingen in die Küche und konnten auch hier zunächst nichts Auffälliges bemerken. Es war ordentlich aufgeräumt, nur auf dem

Tisch stand noch das Frühstücksgeschirr, und einige große, mit einem Deckel versehene Töpfe standen am Boden. Die roten Flecken im Schlafzimmer und im Korridor bemerkten wir zunächst nicht, wegen der vielen aufgehängten Poster. Zuletzt betraten wir das Badezimmer. Hier fanden wir frische Leichenteile in verschiedenen Verwesungsstadien; in der Wanne lag ein relativ frischer Torso, bei dem gerade mit der Zerstückelung begonnen worden war. Von dem dazugehörigen Kopf fehlte jede Spur. Die Kacheln im Bad waren bis zur Decke mit Blut bespritzt. Wir dachten, wir seien in einem kleinen Schlachthaus. Vor der Wanne standen verschlossene Töpfe. Als wir sie öffneten, sahen wir, dass diese mit halb verwesten Organen gefüllt waren. Nun war uns klar, was in dieser Wohnung geschehen sein musste, und wir begannen mit der genaueren Durchsuchung der Wohnräume. Zunächst stellten wir fest, dass das Mädchen, das auf dem Sofa im Wohnzimmer lag, schwerstverletzt war, aber noch lebte. Das Mädchen war nicht ansprechbar, sie sah uns nur sehr ängstlich an. Ihr Gesicht war mit blauen Flecken übersät, und am Kopf waren mehrere große Platzwunden zu sehen. Wir riefen einen Krankenwagen, der das Mädchen dann sofort in die Klinik brachte.
Als wir alle Räume genauestens inspizierten, fanden wir: in der Küche standen zwei Kübel mit halb verwesten Resten von menschlichen Organen, in weiteren großen Plastikbehältern mit Deckel befand sich durch den Wolf gedrehtes Fleisch. In der Diele stand ein Hundefressnapf mit einem Rest Frischfleisch. Einen Hund fanden wir jedoch nicht. Er muss wohl von den Bewohnern der Wohnung mitgenommen worden sein. Im Kühlschrank der Küche standen halb volle Töpfe und Einmachgläser mit Fleisch. Überall in der Wohnung fanden wir blutverschmierte Beile und

Sägen. Infernalischer Leichengeruch herrschte überall. Es war kaum auszuhalten, obwohl wir sofort alle Fenster öffneten. Wo man hinsah, fand man die Habseligkeiten von vermutlich ermordeten Kindern. Wie sich herausstellte, hatte Sascha jedes einzelne Kleidungsstück der Mädchen, die sich je in dieser Wohnung aufgehalten hatten, aufbewahrt. Auch ihr bescheidener Schmuck war in seinem Schrank zu finden. Wir fanden Ringe, Kettchen und Ohrringe. Makaber waren die Aufzeichnungen zu jedem Schmuckstück: eine genaue Beschreibung der Trägerinnen der Schmuckstücke und von wann bis wann sie in dieser Wohnung gelebt hatten.

Neben Saschas blutverschmiertem Bett lag sein Heiligtum: ein von ihm selbst gebasteltes Kinder-Pornoheft mit Fotos seiner gepeinigten Opfer. Er hat ihre Geschlechtsteile auf Papieren fein säuberlich nachgezeichnet und jede Skizze mit dem Vornamen des Mädchens versehen. Er hielt fest, wie oft er die Mädchen missbraucht hatte, ja, er führte Buch über all seine Gräueltaten.

Stapelweise pornografische Bilder wurden gefunden, doch keines, worauf der Kopf der Mädchen zu sehen war. Dem Fotografen waren andere Körperteile wichtiger gewesen als das Gesicht! Es waren nicht nur Fotos von einzelnen Mädchen, die wir sicherstellten, es fanden sich auch Fotos von bis zu drei Mädchen auf einem Bild, in eindeutigen Stellungen.

Nun wurde jeder Gegenstand, von dem die Staatsanwaltschaft glaubte, er könne für die Beweisführung von Interesse sein, nummeriert und in Kisten verpackt. Mitarbeiter der Gerichtsmedizin kümmerten sich um die Leichenteile in der Badewanne. Die im Kühlschrank stehenden Gläser, Töpfe und Pfannen wurden in Plastikhüllen verpackt und in Körben aus dem Haus gebracht. Die Körbe wurden mit

Bettlaken zugedeckt, um die Teile vor den neugierigen Blicken der Hausbewohner zu verbergen.«
So weit die Ausführungen des Staatsanwaltes Jewgenij Maritschew.

Die Aussagen der Leichenträger

In der Gerichtsmedizin dieser Stadt, berichten die Mitarbeiter, wurde so schnell wie möglich versucht, mittels genetischer Untersuchungen herauszufinden, ob es sich bei dem Inhalt der Töpfe und Gläser wirklich um Menschenfleisch handelte. Der hager wirkende Leichenträger Andrej Schtscherbakow mit seiner riesigen Brille, die sein ganzes Gesicht beherrscht, berichtet: »Ich musste schon viel in meinem Beruf mit ansehen, durch Verkehrsunfälle furchtbar zugerichtete Menschen, Selbstmörder und Wasserleichen, aber was ich an diesem Tag sah, hat alles übertroffen. Was ich in dem Bad dieser Wohnung zu sehen bekam, kann man sich nicht vorstellen. Bis zur Unkenntlichkeit zerstückelte Menschenteile, Leiber, die offensichtlich mit einem Beil und mit einer Säge zerteilt worden waren. Die Leichenteile lagen in einer lila Flüssigkeit, die wir uns nicht erklären konnten. Zunächst dachten wir an ein Formalinbad, wie wir es beim Sezieren der Leichen verwenden. Doch das Zeug roch ganz anders, mehr nach Farbe. Teil für Teil hob ich aus der Badewanne und legte es in Plastikbehälter. Als ich einen weiblichen Oberkörper fand, dessen Brustkorb fehlte, war mir sofort klar, dass die Töpfe in Küche und Bad nur mit Menschenfleisch gefüllt sein konnten. Denn das Entfernen des Fleisches ist nur möglich, wenn man es kocht: Sonst lässt sich das Fleisch nicht vollständig von den Knochen lösen. Ich wünsche mir niemals mehr einen solchen Einsatz.«

Sein Kollege Igor Gawrilenko, ein stämmiger Mann, dem man die Arbeit in einem solchen Haus schon eher zutraut, sagt:
»Also... im Kühlschrank lag gehacktes Fleisch. Es war durch einen Fleischwolf gedreht oder ganz klein geschnitten worden. Ich hatte gleich die Befürchtung, dass es Menschenfleisch war. Auch die in der Pfanne befindlichen Bratenteile kamen mir sehr verdächtig vor, vor allem wegen des Geruchs. Es roch ganz einfach nicht nach Schwein oder Rind. Ganz sicher, dass es sich um Menschenfleisch handelte, war ich mir bei den Resten im Hundefressnapf.

Der Leichenträger der Gerichtsmedizin, Igor Gawrilenko

Die Tatwohnung nach der Durchsuchung durch die Staatsanwaltschaft

Es waren durch einen Fleischwolf gedrehte Organe, das konnte man genau erkennen. Unser Doktor sagt zwar immer, ich solle nicht so schnell Feststellungen treffen, aber unsere Analysen hier im Institut werden mir Recht geben, Sie werden schon sehen.«
Und das kurze Zeit später erstellte genetische Gutachten der Gerichtsmedizin gab ihm Recht.

Die einzige Überlebende

Doch es werden nicht nur Leichenteile in dieser Schreckenswohnung gefunden. Auf einem Sofa findet man ein fünfzehnjähriges Mädchen. Ihr Name ist Olga Kaisewa, ihr Körper ist mit zahllosen Messerstichen übersät. Besonders schlimme Stichwunden finden sich im Brust- und Bauchbereich. Ein sofort herbeigerufener Sanitätsdienst bringt das Mädchen in die nahe gelegene Klinik.
Die Oberschwester der Klinik, Klaudia Aksjonowa, die das Mädchen nach ihrer Einlieferung gewaschen hat, erinnert sich genau: »Ich habe das Mädchen gewaschen, ganz vorsichtig, denn es tat ihr sehr weh. Sie stöhnte immerzu. Ich fragte sie, wie sie nur in diese Wohnung gekommen ist. Sie antwortete mir, eine Babuschka habe sie mit in die Wohnung genommen.«

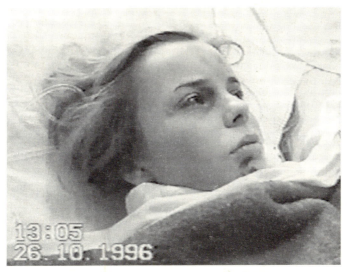

Das Opfer Olga Kaisewa im Krankenhaus

Zwei Tage später, am 26. Oktober 1996 um 13.05 Uhr, kommt der Staatsanwalt an Olgas Bett und befragt sie. Die Befragung wird von der Staatsanwaltschaft auf Video aufgenommen. Es ist das schrecklichste Zeugnis dessen, was dieses Mädchen erdulden musste. Man sieht sie in ihrem Krankenbett liegen, mit einer Wolldecke zugedeckt. Das Gesicht ist voller Wundmale und blauer Flecken. Die Augen sind blutunterlaufen. Das schwerstverletzte Mädchen befindet sich nicht auf einer Intensivstation, sie ist auch an kein medizinisches Gerät angeschlossen. Keine Infusionsständer stehen neben dem Bett. Die medizinische Versorgung in dieser Klinik ist notdürftig.
Der Staatsanwalt fragt: »Wie heißt du?«
Schüchtern und von Schmerzen gepeinigt schaut das Mädchen den Staatsanwalt an und antwortet mit leiser Stimme: »Olga Kaisewa.«
Staatsanwalt: »Bitte etwas lauter.«
»Kann ich nicht«, haucht sie.
Staatsanwalt: »Wer hat euch in die Wohnung gebracht?«
Olga: »Eine Babuschka.«
Staatsanwalt: »Eine alte Frau. Wie denn?«
Olga beginnt zu weinen und erzählt. Hier nun Auszüge ihrer Aussage: »Ich wollte mit meinen zwei Freundinnen Ana und Ženja (Anm.: Anastasia Bornajewa und Jewgenija – Ženja – Baraschkina, beide Mädchen waren dreizehn Jahre alt) Batterien kaufen, als Frau Spesiwtsew uns ansprach. Ihre Tasche wäre so schwer und das Eingangsschloss ihrer Wohnungstür würde klemmen, ob wir ihr nicht helfen könnten. Wir sagten ja und trugen ihre Einkaufstasche. Als wir ankamen, haben uns die Babuschka und ihr Sohn in die Wohnung gedrängt, in der auch ein großer, bissiger Hund war. Dann wurden wir geschlagen und getreten und immer wieder von Sascha vergewaltigt...

Das Opfer Olga Kaisewa

Nach einigen Tagen hat er meine Freundin Anastasia getötet, aber erst, nachdem er sie über Stunden gequält hat. Wir mussten zusehen. Seelenruhig nahm er das lange Schlachtermesser aus der Küchenschublade und ging auf Anastasia zu. Sie bettelte und schrie um ihr Leben, doch Sascha kannte überhaupt keine Gnade. Mit seiner mächtigen Faust schlug er sie zu Boden. Dann stach er zu. Das Blut spritzte an die Wände und an die Decke, es sah aus wie auf einem Schlachtfeld. Dann ließ er seinen Hund herein, der sofort das Blut von den Wänden leckte...
Er hat uns später gezwungen, die Leiche in die Badewanne zu legen und zu zerstückeln. Dann hat Saschas Mutter, die Babuschka, die uns Mädchen in das Haus gebracht hatte, die Leichenteile von Ana gekocht, und auch wir Mädchen mussten dieses Fleisch essen. Auch der Hund bekam davon ab.«

Als Olga Kaisewa nicht mehr weitererzählen kann, bricht der Staatsanwalt die Vernehmung ab. Siebzehn Stunden später verstirbt das Mädchen im Krankenhaus.
Monate später fragt man die etwa fünfzigjährige Krankenschwester mit dem strengen Blick noch einmal, was sie nach der Einlieferung mit Olga erlebt hat.
Ihre Stimme versagt, sie nimmt ein Taschentuch aus ihrem weißen Kittel und sieht ihren Besucher nur fragend an. Minutenlang stehen sie sich schweigend gegenüber; sie weiß nicht, dass ihr Gegenüber längst die Videoaufnahmen der Staatsanwaltschaft gesehen hat. Ohne ein Wort zu sagen, geht sie in den benachbarten Raum, in dem ein leeres Bett steht. Sie streicht über die Wolldecke und sagt ganz leise: »Hier lag es, dieses arme Mädchen. Ich habe schon viele Menschen sterben sehen, doch Olga ist nicht gestorben, sie ist, so glaube ich zumindest, in Ruhe eingeschlafen. Sie ist

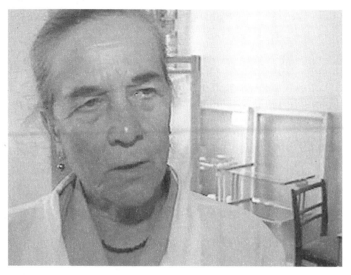

Oberschwester Klaudia Aksjonowa

nicht wegen ihrer zahlreichen Verletzungen von uns gegangen, ich glaube eher, sie wollte alles vergessen, nicht mehr auf dieser Welt leben, die ihr so viel Leid gebracht hat. Doch nun schläft sie für immer, und das ist gut so. Ich glaube nicht, dass sie das Erlebte je hätte verdrängen oder vergessen können. Hunderte von Menschen, ob arm oder reich, ob jung oder alt, habe ich schon sterben sehen, aber nie, niemals einen Menschen wie dieses kleine Mädchen. Ich bin überzeugt, dass sie ihren inneren Frieden gesucht und im Tod gefunden hat. Wenn es da oben einen Gott gibt, was ich glaube, dann wird er sie mit offenen Armen empfangen. Doch nun gehen Sie, ich möchte nicht mehr über Olga sprechen. Zu sehr habe ich dieses Mädchen in mein Herz geschlossen, so wie noch keinen Patienten in meinem ganzen langen Leben.«

Noch ein Blick auf das leere Bett. Längst hat der Besucher vergessen, was er noch fragen wollte, er schleicht durch die kahlen Gänge des Krankenhauses zum Ausgang. Vor dem Haus bringt die hoch stehende Sonne mit ihren fast aggressiven Strahlen den Besucher wieder in die Realität zurück. Er sieht nicht die vorbeigehenden Menschen, gedankenverloren träumt er von einem Mädchen, das längst von uns gegangen ist.

■ Die Suche nach den drei Hauptverdächtigen

Kurze Zeit nach der Vernehmung der jungen Olga beginnen die Polizei und die Staatsanwaltschaft, fiebrig nach dem Kannibalenclan zu suchen. Sascha Aleksander hatte die Wohnung über den Balkon verlassen, als er bemerkte, dass man die Türe aufzubrechen versuchte. Die Mutter Ludmilla Spesiwtsew und die Tochter Nadeschda befanden sich zu diesem Zeitpunkt nicht in der Wohnung, sie gingen ihrer Arbeit nach – im Gerichtsgebäude. Sie müssen erfahren haben, dass man in ihre Wohnung eingedrungen war. Weshalb sonst hätten sie sich für eben diesen Nachmittag plötzlich frei genommen und wurden zunächst nicht mehr gesehen?
Auf der Suche nach der verdächtigen Familie Spesiwtsew war ein junger Beamter namens Gurjew F. (Name wurde auf seinen Wunsch geändert) beteiligt, der sich noch sehr gut an die Verhaftung des Familienclans erinnert: »Was glauben Sie, was bei uns auf der Polizeistation los war, als wir den Auftrag bekamen, die drei festzunehmen. Nicht nur unser Vorgesetzter wusste, wie problematisch die Verhaftung werden könnte. Auch wir kleinen Beamten hatten längst erfahren, wer die beiden Frauen waren, oder besser, welche Verbindungen sie hatten. Aus diesem Grunde wollte sich auch kein Freiwilliger finden lassen, der die beiden Frauen festnahm. Längst wusste jeder Polizist in ganz Nowokusnezk, was man in der Wohnung gefunden hatte.«
»Wieso wurde für die Verhaftung ein Freiwilliger gesucht?«
»Na, warum wohl, jeder der Beamten wusste, dass die beiden Frauen bei Gericht arbeiten und beste Verbindungen haben«, versucht er die Situation verständlich zu machen.
»Aber es ist doch völlig egal, wo jemand arbeitet, auch wenn es bei Gericht ist.«

»Wo Sie herkommen, ist das vielleicht so. Aber bei uns ist das anders. Ich wollte diese heikle Aufgabe nicht übernehmen. Aber mein Chef gab mir den Befehl. Also musste ich es tun.«

»Verzeihung, aber es ist noch immer nicht zu begreifen, was an dieser Arbeit so schwierig gewesen sein soll«, will man wissen.

»Nein?«, fragt er verständnislos und fährt mit seinem Bericht fort: »Zunächst gingen wir zu der Wohnung, wo alles geschehen war. Die Wohnung blieb ja offen. Wir dachten, vielleicht sind sie ja dort wieder aufgetaucht. Doch sie hatten die Wohnung anscheinend nicht mehr betreten. Wen wir auch fragten – in der ganzen Nachbarschaft hatte sie niemand gesehen. Aber so wie die Staatsanwaltschaft ›aufgeräumt‹ hatte, da hätte sowieso niemand mehr wohnen können. Also wurde es notwendig, die Wohnung von Nadeschda Spesiwtsew aufzusuchen. Uns war ganz schön mulmig, als wir vor ihrer Wohnung standen. Mein Kollege klingelte – nur einmal. Wir waren erleichtert, dass uns niemand die Tür öffnete. Wissen Sie, sonst klingeln wir bei einer Festnahme nicht. Wir treten die Tür ein, und dann sehen wir, wer sich in der Wohnung aufhält. Als wir zu unserer Dienststelle zurückkamen und den Vorfall meldeten, wurde unser Chef sehr ungehalten. Er schrie uns an: ›Dann geht ihr zum Gerichtsgebäude, da arbeiten doch die beiden Täterinnen. Wenn sie anwesend sind, nehmt ihr sie einfach fest. Oder soll ich noch eure Mütter anrufen, damit sie euch dabei helfen? Es kann doch wohl nicht so schwer sein, oder?‹

Wir rechtfertigen uns natürlich, sagten, dass wir kein Aufsehen erregen und deshalb zuerst noch einmal mit ihm sprechen wollten.

Der Vorgesetzte brüllte uns an: ›Meine Geduld ist jetzt am

Ende. Sofort geht ihr zum Gericht und verhaftet mir diese zwei Damen.‹
›Natürlich, sofort, machen wir‹, brachte mein Kollege noch heraus, und wir verließen wieder das Dienstgebäude. Anstatt auf direktem Wege zum Gerichtsgebäude zu fahren, hielten wir erst einmal an einer Kneipe. Nach einigen Wodkas beschlossen wir dann, unseren Auftrag zu erledigen. Wir nahmen all unseren Mut zusammen und betraten das Gerichtsgebäude. Zögernd fragten wir den Kollegen, der an der Pforte saß: ›Wir müssen zu Nadeschda und Ludmilla Spesiwtsew, die arbeiten doch hier? In welchem Zimmer finden wir denn die beiden?‹ – ›Die sind oben im dritten Stock, den Gang links, die letzte Tür. Ihr könnt es gar nicht verfehlen‹, war seine Auskunft.
›Kollege, weißt du, ob sie heute arbeiten?‹, fragte ich vorsichtig. ›Nein, ich habe erst seit einer Stunde Dienst‹, sagte der Kollege.
In der Hoffnung, dass beide nicht in der Arbeit sein würden, gingen wir zum angegebenen Zimmer. Doch die Tür war versperrt. Wir klopften immer wieder und waren froh, dass niemand ›Herein‹ sagte. Plötzlich ging die Tür des Nebenzimmers auf, und ein etwa sechzigjähriger Herr erschien sichtlich verärgert und fragte: ›Was wollen Sie denn in meinem Vorzimmer?‹ – ›Wir, wir sollen Nadeschda und Ludmilla Spesiwtsew festnehmen‹, stotterte ich. Ich ging auf den Herrn zu und übergab ihm den Haftbefehl. Er kramte seine Brille aus einem Etui und begann zu lesen. Immer wieder schüttelte er sein kahles Haupt, und seine Gesichtsfarbe wechselte von Blass auf Rot. Aufgeregt, uns von oben bis unten musternd, redete er in einem sehr bestimmenden Ton auf mich ein: ›Sagen Sie einmal, sind Sie eigentlich noch ganz bei Trost, in meinem Vorzimmer eine Verhaftung durchführen zu wollen? Nennen Sie mir mal

den Namen Ihres Vorgesetzten, der Ihnen diesen Auftrag übertrug. Wenn eine Verhaftung in diesem Hause durchzuführen wäre, geschähe dies ausschließlich durch mich. Schließlich haben wir hier circa einhundertzwanzig Kollegen von Ihnen im Haus. Da brauchen wir keine solchen Gestalten, wie Sie es sind. Haben Sie mich verstanden? Und nun gehen Sie zu Ihrer Dienststelle zurück, und sagen Sie Ihrem Chef, dass ich mich mit ihm in Verbindung setzen werde.‹ Er verschwand in seinem Zimmer und knallte die Tür so laut zu, dass es das ganze Haus hören konnte. Natürlich gingen wir danach erst mal auf einen Drink in die Kneipe. Nervlich gestärkt fuhren wir zurück zu unserer Dienststelle. In unserem Dienstzimmer war eine eigenartige Atmosphäre. Alle hatten ihre Köpfe in irgendwelche Unterlagen gesteckt. So fragte ich einen der Kollegen: ›Na, was ist denn hier los?‹ – ›Dicke Luft, verdammt dicke Luft. Geht lieber nicht in das Zimmer des Chefs.‹ Und sofort vertiefte er sich wieder in die vor ihm liegende Akte.
Da öffnete sich auch schon die Tür des Chefzimmers. Als er uns sah, schrie er uns vor allen an: ›Ihr seid doch die dümmsten Polizisten von Nowokusnezk. Da schickt man euch zum örtlichen Gericht, um eine Amtshandlung vorzunehmen, und was tut ihr? Ihr führt euch auf wie die letzten Idioten. Ihr schreit und poltert in den Amtsräumen herum, als wärt ihr in einer Verbrecherwohnung.‹
›Aber...‹, wollte ich gerade sagen, doch unser Chef duldete keine Unterbrechung und brüllte weiter auf uns ein. ›Ihr seid die größten Idioten, die mir je unter die Augen gekommen sind. Ab sofort wird nicht mehr nach diesen beiden Frauen gefahndet. Die Festnahme der beiden ist ausschließlich meine Angelegenheit, haben Sie verstanden, meine Herren? Ihre Aufgabe besteht ab sofort nur noch darin, den Sohn der Familie, Sascha Spesiwtsew, zu

suchen und festzunehmen.‹ Trotz des Ärgers, den wir hatten – wir konnten uns ja vorstellen, woher dieser kam –, waren wir froh, die Verhaftung von Ludmilla und Nadeschda Spesiwtsew nicht vornehmen zu müssen. Tagelang durchsuchten wir den Bahnhof und die zwielichtigen Kneipen nach Sascha. Doch es schien, als sei er vom Erdboden verschluckt. Wen wir auch fragten, niemand hatte ihn gesehen.
Einige Tage später jedoch nahmen zwei Kollegen einen jungen Mann fest, der angeblich versucht hatte, ein junges Mädchen zu vergewaltigen. Als man seine Papiere durchsuchte, stellte sich heraus, dass dieser junge Mann Sascha Spesiwtsew war. Fast hätte man ihn wieder freigelassen, denn niemand hatte diesen Namen mit den Haftbefehlen verglichen. Es war nur unserem Chef zu verdanken, dass er nicht wieder die Zelle verlassen konnte. Mein Chef sollte gerade die Entlassungspapiere unterschreiben, als ihm der Name auffiel und ihm klar wurde, wen er vor sich hatte. Ab diesem Zeitpunkt kümmerte nur er sich um den Gefangenen. Selbstverständlich teilte er der vorgesetzten Behörde mit, es sei nur seinem kriminalistischen Feingefühl zu verdanken, dass man Sascha überhaupt festnehmen konnte. Sofort wurde eine Pressekonferenz einberufen. Dort erzählte man den Journalisten, dass der Haupttäter nur aufgrund intensivster Ermittlungsarbeiten dingfest gemacht werden konnte.«
So weit die Schilderung des Beamten Gurjew F.

Nur wenige Tage nach der Verhaftung von Sascha Spesiwtsew wird bekannt, dass sich sowohl die Schwester als auch die Mutter Saschas freiwillig bei der Polizei gestellt haben. Sie geben an, dass sie sich in einer Zweitwohnung von Nadeschda aufhielten und den Rummel um sich gar

nicht verstehen könnten, da sie völlig unschuldig seien. Man habe nur klarstellen wollen, dass sie mit den ihnen zur Last gelegten Straftaten nichts zu tun hätten.
Alle drei werden schließlich dem Untersuchungsrichter vorgeführt. Der Sohn gibt zwei Morde zu, vom Tode Olgas weiß er noch nicht. Die Mutter bestreitet alles, doch das hilft ihr nichts – sie kommt wie ihr Sohn in Untersuchungshaft. Die Tochter Nadeschda dagegen vernimmt man separat. Sie, die hübsche junge Frau im Dienste eines hohen Richters, wird unverzüglich einem Psychiater zur Untersuchung vorgeführt. Nach knapp zwei Stunden lässt man sie wieder frei.

Einiges könnte man über Nadeschda Spesiwtsew berichten. Die Nachbarn des Horrorhauses bestätigen, dass sie sich die meiste Zeit in der Wohnung aufhielt, in der die grässlichen Dinge geschehen sind. Doch diese Zeugen werden nicht von der Staatsanwaltschaft und dem Untersuchungsrichter vorgeladen. Nadeschda Spesiwtsew bleibt auf freiem Fuß. Eine Angestellte des örtlichen Gerichts untersteht offenbar nicht der staatlichen Gerichtsbarkeit.
Jedem, der es nur wagte, dieser Frau nach ihrer Entlassung durch das Gericht Fragen zu stellen, wäre es schlecht bekommen, weiterhin Gast in dieser Stadt zu sein.
»Sie kommen hier nicht lebend raus, wenn Sie sich schlau machen wollen über das Leben von Nadeschda Spesiwtsew. Selbst wenn Sie es schaffen sollten, das Land zu verlassen – der Arm der russischen Mafia reicht auch bis in Ihr Heimatland«, erhält man als Antwort, wenn man sich nach Nadeschda erkundigt. Hartgesottene Journalisten – so ist nach einiger Zeit zu erfahren – haben schon oft fluchtartig die Stadt verlassen, als sie in ihren Nachforschungen ein Stück vorangekommen waren. Und diejeni-

Nadeschda Spesiwtsew

gen, die blieben und weitersuchten, fanden Nadeschda nicht – sie ist wie vom Erdboden verschluckt.

Spekulationen werden laut: »Die hat sich bestimmt in einer der Kasernen des Militärs verkrochen – immer noch besser als im Gefangenenlager.«

Eine amerikanische Reporterin, die ebenfalls auf den Fall aufmerksam wurde, macht sich auf die Suche nach Nadeschda. Doch bald bemerkt sie, wie gefährlich diese Suche ist. Noch einmal versucht sie, den ermittelnden Staatsanwalt zu sprechen. Aber, so wird sie später schreiben: »Die Sekretärin des Staatsanwalts hat zu mir gesagt, ich käme nur über ihre Leiche durch die Tür.«

Daraufhin verlässt sie die Stadt. Zu Hause schreibt sie in ihrem Artikel (Auszüge): »Anderswo wären die Brutalität der Morde und schon die bloße Vorstellung von Kannibalismus eine Sensation – wie 1991 im Fall von Jeffrey Dahmer*, einem Serienmörder und Kannibalen aus Milwaukee. Aber in Russland gab es keinen Aufschrei. Hier passiert so etwas überraschend häufig, vor allem in abgewirtschafteten Provinzstädten, und fast immer sind die Täter Arbeitslose, schwere Trinker oder Ungebildete.«

---

* Anm.: Jeffrey Dahmer wurde verurteilt des 17-fachen Mordes. Er hatte seinen Opfern Drogen in Drinks gemischt und ihnen, wenn sie bewusstlos waren, Löcher in den Kopf gebohrt. Dann schüttete er ihnen Säure ins Gehirn, um sie »zu Sexzombies zu machen«, so Dahmer selbst dazu. Er wollte, dass seine Opfer das Leben mit ihm teilten, bei ihm waren und ihm stets als Sexspielzeug zur Verfügung standen.

Nadeschda Spesiwtsew, 36 Jahre

Es ist ein stiller Abend in der sibirischen Ebene, auch in der bescheidenen Wohnung der Familie Spesiwtsew. Wieder einmal, wie an so vielen Abenden, ist der elektrische Strom ausgefallen, doch man hat gelernt, sich zu behelfen. In allen Räumen werden Kerzen angezündet, die man von einer Freundin erhalten hat. Diese hat sie in dem Betrieb, in dem sie arbeitet, entwendet, und für weiteren Nachschub ist stets gesorgt.
Ein kleines Mädchen von acht Jahren, ihr Name ist Nadeschda, hat ihrer Mutter gerade den Gutenachtkuss gegeben und ist mit ihrer Lieblingspuppe zu Bett gegangen.
Die Eltern Ludmilla und Nikolai Spesiwtsew sitzen vor dem Fernsehgerät. Wie jeden Abend lassen sie sich von dem seichten Programm der örtlichen Fernsehanstalt berieseln. Gemeinsame Gespräche gibt es längst nicht mehr zwischen den Eheleuten. Was sollte man auch bereden, jeder Tag verläuft schließlich wie der andere. Während die Mutter noch einige Kekse isst, sitzt der Herr des Hauses, ein kleiner, untersetzter Mann mit Vollbart, gemütlich in seinem Sessel und trinkt eine Flasche Wodka. Es ist bereits die zweite Flasche an diesem Tag. Der Alkohol ist sein Leben, und das seit vielen Jahren. Seine zierliche Frau mit den streng nach hinten gekämmten schwarzen Haaren hat gelernt anzupacken. Sie geht Tag für Tag arbeiten und verdient das Geld für ihre Familie. Ihr Mann Nikolai verschwendet seine Kraft lieber beim Leeren von Wodkagläsern.
Sie blickt auf die Uhr und stellt fest, dass es für sie Zeit wird, zu Bett zu gehen. Ihr Mann ist wieder einmal sturzbetrunken, und sie wird ängstlich. Lallend verspricht er ihr eine Liebesnacht, während sie bereits an den morgigen

Arbeitstag denkt. Sie weiß, wie diese Nächte enden, und hofft, mit einem Abschiedskuss auf die Wange ihres Mannes ohne Schläge davonzukommen, wenn sie sich wieder einmal verweigert.
Er lacht hämisch laut auf, als sie das Zimmer verlässt, und trinkt noch einmal genüsslich aus dem vollen Glas.
»Na, dann eben nicht, wenn du meinst«, vernimmt sie noch, bevor sie hinausgeht.
Ob sie weiß, was diese Worte für ihre Tochter bedeuten? Mütter, so sagt man, spüren die Ängste ihrer Kinder. Wie viel mehr muss diese Frau die lautlosen Tränen, die über die Wangen ihrer Tochter geflossen sind, mitempfunden haben. Hat sie alles verschwiegen, weil sie dem Gerede der Nachbarn entgehen wollte?
Vielleicht schläft sie sofort ein, will nichts mitbekommen, alles verdrängen, was in den Nächten geschieht, wenn sie ohne ihren Mann zu Bett geht.
Der Mond schickt sein fahles Licht in das karg eingerichtete Kinderzimmer der kleinen Nadeschda Spesiwtsew. In dem kleinen Bett ragt nur ihr Köpfchen mit der an die Wange gedrückten Puppe unter der Zudecke hervor. Nadeschda ist friedlich eingeschlafen.
Doch die Nacht ist noch nicht zu Ende. Zur späten Stunde öffnet sich die Tür, und das Licht der Dielenlampe fällt ins Zimmer. In der Tür steht ihr Vater. Der wird puterrot im Gesicht und greift sich an die Hose beim Anblick dieses kleinen Mädchens, das seine Tochter ist. Schwankend betritt er den Raum und will gerade seine Hose ausziehen, doch dabei verliert er das Gleichgewicht und fällt krachend zu Boden. Laut fluchend versucht er wieder auf die Beine zu kommen. Wieder und wieder fällt er, bis er schließlich an der Kante des Kinderbettchens Halt findet.
Volltrunken lallt er auf das kleine Mädchen ein: »Sag ja

nichts deiner Mama, hörst du? Sonst darfst du nicht mehr bei uns wohnen. Ich werde dich auf die Straße schicken, dich schlagen wie deine Mama, und dann bist du ganz allein. Nicht einmal deine Mutter kann dir dann mehr helfen. Hörst du?«
Das kleine Mädchen wacht schlaftrunken auf. Ihre weit aufgerissenen Augen sehen ängstlich aus. Dem Mädchen ist klar, wieder einmal ist die Zeit gekommen, wo man ihr über Stunden wehtun wird.
Schon hundert Mal hat er ihr angedroht, dass etwas Fürchterliches geschehen würde, wenn sie schreien sollte. So bleibt sie auch heute still. Sie ballt ihre kleinen Finger ungewollt zu Fäusten und erduldet die Qualen von einem Menschen, der ihr geliebter Papi sein sollte.
Fest umklammert hält sie die Puppe an ihren Körper, so als könnte sie bei ihr Trost finden. Unsagbare Schmerzen muss sie erleiden, Qualen, die niemand zu beschreiben vermag. Nackt liegt sie in dem kleinen Kinderbett und erduldet Schmerz und Pein an Leib und Seele. Noch kann sie nicht verstehen, was man ihr antut, noch verspürt sie nur Schmerzen. Sie weiß nicht, dass man ihre Zukunft zerstört, ihr ganzes Leben.
Endlich, der Körper ihres Peinigers fällt in sich zusammen, und die unsagbare Qual hat ein Ende. Torkelnd verlässt dieser Mensch das Zimmer seines Kindes. Ihn interessiert nicht das Schluchzen seiner Tochter, die schier endlosen Tränen; er hatte sein Vergnügen, er ist befriedigt, und so schläft er seelenruhig im Ehebett neben der Mutter dieses Kindes ein.
Das kleine Mädchen liegt noch lange wach. Es findet nicht den ersehnten Schlaf, der die Schmerzen an ihrem kleinen Körper vergessen macht. Sie sieht mit ihren traurigen Augen zur Zimmerdecke, nicht verstehend, was mit ihr und

ihrem Körper geschah. Wieder einmal hat sie alles erduldet, obwohl ihre kleine Seele weint. Stunden, endlose Stunden vergehen, bis der Schlaf sie erlöst.
Am frühen Morgen – die Mutter bereitet gerade das Frühstück – kommt das kleine Mädchen, die Puppe in der Hand, in die Küche und begrüßt die verlegen wirkende Mutter. Sie zieht an der Schürze ihrer Mutter, und Tränen laufen über ihr kindliches Gesicht. Die beiden sprechen kein Wort, die Mutter küsst ihr Kind liebevoll auf die Wange und streicht ihr mit einem merkwürdigen Gesichtsausdruck durchs Haar.

Noch vergehen viele Jahre, bis die Mutter dieses Kindes ihren Mann auf die Straße setzt. Wütend, die halbe Wohnungseinrichtung zerschlagend, verlässt er das Haus, das er nie wieder betreten wird. Von diesem Tag an wächst Nadeschda, das zierliche Mädchen, ohne ihren lieblosen, perversen Vater auf. Nun könnte sie Kind sein, doch die Ängste der Vergangenheit sind stärker und holen sie immer wieder ein. Selten sieht man sie lachen, wenn sie mit ihren gleichaltrigen Freundinnen auf dem Spielplatz spielt. Sie kommt in die Pubertät, und in der Schule erfährt sie, was Liebe, Zuneigung und Zärtlichkeit bedeuten. Doch ihr Körper und ihr Geist sträuben sich gegen alles, was man Liebe nennt. Niemandem kann sie erzählen, was ihr widerfahren ist.
Ihr Bruder Sascha, mit dem sie wenig Gemeinsamkeiten hat, betrachtet alle Mädchen, so auch seine Schwester, als Freiwild. Sie haben die Männer zu verwöhnen, und wenn dies nicht so klappt, gibt es eben Hiebe. Obwohl Sascha viele Jahre jünger ist als seine Schwester, versteht er es, die gesamte Familie zu tyrannisieren. Während er genauso wie sein Vater keiner Arbeit nachgeht, muss Nadeschda

schon früh lernen, ihrer Mutter bei der täglichen Arbeit zu helfen.

Mit vierzehn Jahren kommt sie aus der Schule. Durch die Vermittlung ihrer Mutter findet sie Arbeit beim städtischen Gericht, und schon früh bemerkt sie, dass die Männer sie mit gierigen Blicken verfolgen. Die Arbeit bei Gericht gefällt Nadeschda. Man schenkt ihr Beachtung, und sie versteht es inzwischen auch, ihre weiblichen Reize einzusetzen. Noch begaffen sie sie nur, die alten Herren, die in diesem Haus arbeiten. Doch es dauert nicht lange, bis man sich über das Jugendschutzgesetz hinwegsetzt und seinen Begierden freien Lauf lässt. Noch hat sie sie nicht gelernt, die ungeschriebenen Gesetze der Vorgesetztenlaufbahn, und so sieht man sie mit dem Assessor wie mit den Herren des gehobenen Dienstes. Dass dies nicht gut gehen kann, lernt sie erst viel später, als sich ein Herr für sie interessiert, der das größte Büro des Hauses hat und vom Alter her ihr Großvater sein könnte. Unmissverständlich gibt er ihr zu verstehen, dass sie nur für ihn da zu sein habe.

Nadeschda, die Neue in dem riesigen Gerichtsgebäude, ist jung, hübsch und begehrenswert, doch ihre großen schwarzen Augen wirken hart: hart gegenüber sich selbst und gegenüber anderen. Vor allem die älteren Herren lernen ihre Gesellschaft zu schätzen. Sie bekommt Einladungen von bekannten Persönlichkeiten. So lernt sie einen einflussreichen Politiker kennen, der ihr jeden Wunsch von den Augen abliest. Seine sexuellen Träume erfüllt sie gern; sie hat gelernt, dass alles zwei Seiten hat im Leben, wie sie sagt. Was diese älteren Herren von ihr wollen, hat sie in ihrer Kindheit bereits erfahren müssen. Nun spürt sie, dass sie auf diese Weise gegenüber ihren älteren Kolleginnen Vorteile herausschlagen kann, und das macht sie stolz.

Jahre vergehen, bis ihr Doppelleben ans Tageslicht kommt. Sie ist inzwischen sechsunddreißig Jahre alt. Die Nachricht über das Leben der Familie Spesiwtsew schlägt ein wie eine Bombe. Alle distanzieren sich von ihr, der Schwester eines Mörders, der seine Opfer nicht nur getötet, sondern auch gegessen hat.
Sie ist sehr allein, niemand in dieser verlassenen Stadt will sie mehr kennen. Sie streicht einsam durch die Straßen, schaut nicht nach links und nicht nach rechts. Sie will ihre Ruhe. Man kann sie verstehen, da doch die meisten Menschen der Stadt sie lieber hinter Gittern sehen würden, ebenso wie ihre Mutter. Sie spürt die vernichtenden Blicke der Mitmenschen, aus deren Augen nur Anklage höhnt. »Es haben ihr die jungen Mädchen wohl auch gefallen«, spottet man.
Ein Polizeiberichterstatter weiß zu berichten: »Die ältere Schwester des Mörders, Nadeschda, arbeitet als Sekretärin bei einem Richter. Auch die Mutter hat eine Zeit lang dort gearbeitet. Sie waren tagsüber fast ständig im Büro der Staatsanwaltschaft und beim Gericht und haben bei Ermittlungsarbeiten geholfen. Sie haben Erfahrung in juristischen Dingen. Bei der Vertrautheit, die sie mit den Ermittlern hat, fürchten viele in der Stadt, dass die Aufklärung dieses Falles, speziell, was Nadeschda betrifft, verzögert wird.«
Wer mag ergründen, was in dieser jungen Frau vor sich ging, als sie die jungen Mädchen sah, die in der Gewalt ihrer Familie waren? Vielleicht sah sie zu, wie ihr Bruder diese Mädchen vergewaltigte und demütigte bis zum Tode. Jedenfalls spricht alles dafür, dass sie in der Wohnung war, als es geschah.
Es bleibt allein ihr Geheimnis, das Geheimnis einer einsamen jungen Frau in Nowokusnezk. Einer Frau, die unsag-

bare Qualen in ihrer Kindheit erdulden musste und doch eine gerechte Strafe hätte erhalten müssen.

Vielleicht hat der örtliche Polizeibeamte Recht mit seiner Aussage: »Sie ist jung und hübsch, und sie weiß ihre Jugend einzusetzen. Offensichtlich ist die Lust auf eine junge Frau größer als der Gerechtigkeitssinn mancher Juristen dieses Landes. Unverständlich für die Bewohner dieser Stadt ist es trotzdem, dass diese Frau sich frei bewegen darf und nicht längst hinter Gittern sitzt wie die ganze Familie. Es ist eben alles verkorkst in diesem Land, nichts hat mehr seine Richtigkeit. Einmal ist es die Geilheit von Beamten, einmal die Geldgier der Politiker, die unser Land von innen zerstört.«

Saschas erstes Verhör

Einen Monat bevor man die drei Mädchen – die drei letzten Opfer Sascha Spesiwtsews – in der Schreckenswohnung findet, werden diese durch ihre Eltern bei der Polizei als vermisst gemeldet. Doch man nimmt die Anzeigen nicht einmal auf. Für die Polizei gibt es nur eine Erklärung: »Diese drei Mädchen sind von zu Hause ausgerissen. Die kommen bestimmt bald wieder heim.« So lautete der einzige Trost der Polizisten für die verzweifelten Eltern. Dabei sind über hundert Kinder in den letzten Jahren in dieser Stadt verschwunden – allesamt im Alter zwischen neun und fünfzehn Jahren, zumeist Mädchen. Mädchen, nach denen die Polizei nie gesucht hat.
»Wir gehören zur sozialen Unterschicht«, sagt eine Mutter verbittert. »Deshalb haben die Polizisten unseren Vermisstenanzeigen damals keine Beachtung geschenkt.«

In dieser Stadt der Vergessenen wurden die Mädchen der Begierde eines jungen Mannes ausgeliefert. Tag und Nacht zog ihr Mörder durch die Straßen, stöberte sie auf und lockte sie zu sich nach Hause.
Nun weiß man, dass von den über hundert Kindern, die in den letzten Jahren verschwanden, mindestens neunzehn ermordet worden sind. Sascha Spesiwtsew hat akribisch Buch geführt. Daher kennt man ihre Namen – und man weiß, was er ihnen angetan hat. Er sammelte alles und bewahrte »Trophäen«, Ohrringe, Kettchen, Kleidungsstücke und sonstige Habseligkeiten seiner Opfer fein säuberlich auf. Dies sollte ihm nun, nachdem er in Gewahrsam war, zum Verhängnis werden.
Die Staatsanwaltschaft glaubt, dass die in der Wohnung sichergestellten Kettchen und Ohrringe der Kinder weitere

Klarheit über die Identität der Opfer bringen werden. Spesiwtsews Aufzeichnungen beinhalten leider nur Vornamen, und die Staatsanwaltschaft zweifelt schwer an Saschas Bereitschaft zur Mitarbeit.

Die schwere Eisentür der Zelle Nr. 25 wird geöffnet, und Sascha ist geblendet von dem Licht. Man merkt ihm an, dass er Angst hat vor dem, was nun auf ihn zukommen wird. Seit seiner Verhaftung hatte er nur Kontakt zu den Beamten der Vollzugsanstalt. Doch nun steht der leitende Staatsanwalt in der Tür und befiehlt: »Ziehen Sie sich an, wir fahren zum Verhör.«

»Beeil dich!«, unterstreicht der Wärter die Aufforderung des Staatsanwalts.

Sascha denkt erst an ein Verhör im Gefängnis, doch der Staatsanwalt spricht von »fahren«. Verängstigt blickt er den Beamten an und trottet gehorsam hinter den beiden Männern her. Es ist Mittag, eigentlich hätte es jetzt bald Mittagessen gegeben, doch Sascha sagt kein Wort. Vor dem Zellentrakt wartet ein Polizeiwagen mit zwei weiteren Beamten, die ihm sofort Handschellen anlegen, bevor er in den Wagen steigt.

Die Fahrt geht nicht zum Gericht – der Fahrer schlägt eine ganz andere Richtung ein. Immer näher kommen sie der »Straße der Pioniere«. Sie halten vor dem Haus Nr. 53, in dem Sascha mit seiner Mutter wohnte.

Ängstlich steigt er mit den Beamten die Treppen zu seiner Wohnung hinauf. Er weiß nicht, wie sich die anderen Mieter, sollten sie ihn sehen, verhalten werden. Doch ein Blick auf die kräftigen Begleiter lässt ihn wieder ruhig werden. Er wird bewacht. Er ist sicher.

Es ist Monate her, dass er diese Wohnung zum letzten Mal betreten hat. Erschrocken schaut er zur Eingangstür, die durch den Aufbruch stark in Mitleidenschaft gezogen wor-

den ist. Als der Beamte die Tür zur Seite schiebt, tritt er einen Schritt zurück. Ein Bild der Verwüstung bietet sich ihm, als er die umgestürzten Möbel, die aufgeschlitzten Matratzen und den am Boden liegenden Müll sieht. Raum für Raum schreiten sie ab, und Sascha kann nicht fassen, in welchem Zustand sich die Wohnung befindet. Man hat alles durchwühlt, alle Bilder von der Wand genommen und den Inhalt der Schränke auf den Boden gekippt. Zwei Kartons mit Kleidungsstücken von Mädchen werden ausgeleert, und der Staatsanwalt bittet Sascha, die Kleidungsstücke zu identifizieren. Doch er sieht sich die Kleider gar nicht an, er lacht und blickt in eine ganz andere Richtung.
»Da habt ihr ja einiges übersehen bei diesem Saustall, den ihr angerichtet habt.«
»Wieso?«, fragt verwundert der Staatsanwalt. Man befreit Sascha von den Handschellen, während einer der Wärter

Saschas Zelle Nr. 25 im Straflager

sich vor der Eingangstür der Wohnung postiert. Drinnen zieht Sascha aus einem Versteck geschwind zwei beschriebene Zettel hervor. Auf einem DIN-A-4-Blatt finden sich Zeichnungen weiblicher Geschlechtsteile. Genüsslich betrachtet er die Aufzeichnungen und beginnt zu lesen.
»Warum hast du dir diese pornografischen Skizzen gemacht?«, will der Staatsanwalt wissen.
»So halt«, ist seine ganze Antwort.
»Und was steht auf dem Zettel?«
Und Sascha liest alles laut vor. Es sind die zu den Zeichnungen gehörenden Namen und die Todestage der Mädchen, seiner Opfer.
»Wozu hast du das aufgeschrieben?«, wiederholt der Staatsanwalt.
»Einfach so«, antwortet Sascha knapp und betrachtet den zweiten, etwas kleineren Zettel. Auch auf diesem sind Vorder- und Rückseite mit Zeichnungen und mit Namen von Mädchen vollgekritzelt. Ohne jegliche Gefühlsregung liest er die Namen der Mädchen vor. Es macht ihm offenbar viel mehr Spaß, die Zeichnungen zu berühren und zu betrachten.
»Waren diese Mädchen alle bei dir hier in der Wohnung?«, fragt der Staatsanwalt. Er hat mitgezählt, und er kann es kaum glauben. In Spesiwtsews Aufzeichnungen stehen die Namen von insgesamt neunzehn Mädchen.
»Ja!«
»Alle?«
»Ja, alle!« Dabei schüttelt Sascha den Kopf. Offensichtlich versteht er das wiederholte Nachfragen des Staatsanwalts nicht.
»Wann hast du sie hierher gebracht?«
»Sie sehen's doch, das steht doch alles hier drauf.«
»Was hast du denn mit den Mädchen gemacht? Wenn man

deinen Aufzeichnungen glaubt, so waren sie ja zum Teil einige Wochen hier in dieser Wohnung.«
»Was macht man schon mit solchen Miststücken...«, ist seine Antwort, bei der er lauthals lacht.
»Und wurden diese Mädchen alle von dir ermordet?«, fragt der Staatsanwalt zögernd. Doch die Antwort Saschas kommt, ohne zu überlegen: »Ja.«
»Alle neunzehn?«
»Wenn so viele auf den Zetteln stehen, dann waren es auch neunzehn«, stellt er klar.
Es vergeht einige Zeit, bis der Staatsanwalt mit seiner Befragung fortfährt. Sascha betrachtet noch immer genüsslich die beiden Blätter und ist sichtlich froh, dass man sie ihm nicht wegnimmt.
»Du weißt, Sascha, dass du soeben vor den anderen Herren und mir und vor laufender Kamera gestanden hast, neunzehn Mädchen getötet zu haben. Würdest du das nochmals wiederholen und, wenn wir ein Protokoll anfertigen, auch unterschreiben?«
»Natürlich. Aber nur, wenn ich die Namen, die Sie ins Protokoll schreiben, auch mit meinen Zetteln vergleichen kann.«
Geschockt sehen sich die Beamten an. Der Staatsanwalt diktiert einem Beamten das Protokoll, und Sascha freut sich, die ganze Wohnung durchstöbern zu können – zumindest, was davon noch übrig ist. Nach einer halben Stunde ist das Protokoll fertig, und man wartet gespannt auf Saschas Reaktion. Doch ohne zu zögern, setzt Sascha Spesiwtsew seinen Namen unter dieses Schreiben, das für ihn den sicheren Tod bedeutet.
Die Beamten nehmen die Kleidungsstücke mit, denn die – davon geht man aus – wird er auch am nächsten Tag noch identifizieren. So fährt man ihn wieder in das Gefängnis

und ist froh über den Erfolg des Tages. Und Sascha ist froh, endlich wieder im Lager zu sein – denn da wartet schon das Essen auf ihn.

Die Vernehmung von Mutter und Sohn

Einige Tage später fährt der Staatsanwalt erneut in die Strafanstalt und lässt Sascha und seine Mutter ins Vernehmungszimmer kommen. Zum ersten Mal nach ihrer Verhaftung sitzen Sascha und seine Mutter sich wieder gegenüber. Beide wirken sehr nervös. Die Mutter blickt fast die ganze Zeit während der Befragung zu Boden. Der Staatsanwalt muss unwillkürlich zynisch grinsen, als Ludmilla Spesiwtsew mit ihren Aussagen beginnt.

»Herr Staatsanwalt, ich habe gar nichts getan, ich bin unschuldig!«

Sohn: »Ach so, du hast gar nichts getan?«

Mutter: »Hör auf, Sascha. Du weißt doch, ich habe nichts getan.«

Sohn: »Aber du hast sie doch alle vergraben!«

Sascha und seine Mutter beim Verhör

Mutter: »Ich habe diese Nadja nicht zerstückelt.«
Sohn: »Ach, hör doch auf, Mutter ...«
Mutter: »Ich sage dir noch mal, also, ich habe sie nicht zerstückelt, ich habe keine Ahnung, wo sie hin ist.«
Sohn: »Und was ist dann deine Version?«
Mutter: »Ich habe dazu nichts zu sagen, ich habe keine Ahnung, wohin sie geraten ist oder wer sie gekocht hat.«

Dann mischt sich der Staatsanwalt ein, der das Streitgespräch der beiden natürlich genau verfolgt hat. Er wendet sich an Saschas Mutter. Sascha ist sichtlich froh, dass das Streitgespräch beendet ist.
»Frau Ludmilla Spesiwtsew, nun hören Sie mir einmal gut zu. Ihr Sohn hat gestanden, alle neunzehn Mädchen in ihrer gemeinsamen Wohnung festgehalten zu haben, sie dort über Wochen geschlagen, vergewaltigt, schließlich getötet und gegessen zu haben. Sie, die Sie in derselben Wohnung wie Ihr Sohn wohnten, wollen davon nichts bemerkt haben? Das ist ja geradezu lächerlich!«
»Nein, ich habe nichts damit zu tun«, will sie immer wieder klarstellen, doch selbst Sascha kann sich das Lachen nicht verbeißen.
»Ich gebe Ihnen einen guten Rat«, fährt der Staatsanwalt fort und versucht, Ludmilla dabei in die Augen zu sehen, »denn ich habe keine Lust, mir Ihre Märchen noch länger anzuhören. Glauben Sie mir – ich habe Besseres zu tun. Ihr Sohn hat gestanden, und nicht nur er. Da gibt, nein, da gab es noch eine weitere Zeugin, die Sie, Frau Spesiwtsew, bei ihrer letzten Vernehmung beschuldigt hat, die Mädchen in die Wohnung gelockt zu haben.«
»Ich... niemals, das ist eine glatte Lüge! Ich habe keine Mädchen angelockt. Nie!«
Da mischt sich Sascha wieder ein: »Mama, das ständige

Leugnen hilft doch nichts. Sag doch, wie es wirklich war, du siehst doch, dass sie alles wissen. Du verschlimmerst doch alles nur noch.«

»Ach was, du bist doch dümmer, als ich glaubte. Wer soll denn die Zeugin sein?« – Und dabei schaut sie Sascha vorwurfsvoll an. Man glaubt zu erkennen, dass sie ihrem Sohn sagen will, es könne doch gar keine Zeugin geben. Beide wissen zu diesem Zeitpunkt nicht, dass die fünfzehnjährige Olga Kaisewa bei dem Wohnungsaufbruch noch lebte. Viel zu schwer waren ihre Verletzungen, zumal sie, als Sascha Spesiwtsew die Wohnung fluchtartig verlassen musste, schon mit dem Tode gerungen hat.

Den sonst so besonnenen Staatsanwalt hält es nicht mehr auf seinem Stuhl. Er springt auf, kramt dabei in seinen Unterlagen und hält eine Videokassette in die Höhe.

»Wissen Sie, was das ist?«, schreit er sie an.

»Natürlich, eine Videokassette!«, gibt sie trotzig zurück.

»Wissen Sie auch, wer auf diesem Band die letzten Worte seines jungen Lebens spricht? Nein? Ich werde es ihnen sagen, es ist Olga, das Mädchen, das sich in Ihrer Wohnung befand, als wir die Tür aufbrachen. Ein fünfzehnjähriges Mädchen, das mit dem Tode kämpfte – und ihre letzten Worte galten Ihnen, Frau Spesiwtsew. Mit leiser Stimme sagte sie immer wieder: ›Die Babuschka hat uns drei in die Wohnung gelockt‹, und wissen Sie, wer mit dieser Babuschka gemeint war? Sie und nur Sie allein!«

Es ist totenstill in dem Vernehmungsraum. Die beiden sich gegenübersitzenden Verdächtigen schauen sich schweigend an. Zu groß ist der Schock für Saschas Mutter. Mit einer Zeugin hatte sie nicht gerechnet.

»Und ich sage Ihnen eines, Frau Spesiwtsew«, fährt der Staatsanwalt fort, immer noch stehend und das Videoband in den gehobenen Händen haltend, leicht zitternd und

Saschas Mutter

schwer atmend. »Ich werde dafür sorgen, dass Sie die Todesstrafe erhalten, darauf gebe ich Ihnen mein Wort, und ich werde Ihrer Hinrichtung beiwohnen. Ich werde mir den Platz im Lagerhof ansehen, wo alle diejenigen in der Erde vergraben werden, die zum Teil nur ein Menschenleben auf dem Gewissen haben. Sie! Sie!« – und dabei deutet er mit dem Zeigefinger auf die Frau – »Sie haben neunzehn Menschen auf dem Gewissen; neunzehn Menschen, die ihr Leben noch vor sich hatten. Sie beide haben sie wie Sklaven gehalten, sich an ihrer Jugend ergötzt, an den Schmerzen erfreut. Sie haben Mädchen gefoltert, die eigentlich nur eines wollten – weiterleben. Sie, und das glauben Sie mir, sind meiner Meinung die Haupttäterin in dieser furchtbaren Geschichte. Denn ohne Sie wäre es Ihrem Sohn sicher nicht möglich gewesen, an all diese Opfer heranzukommen. Wie kann eine Frau, die selbst

Mutter ist, Kinder, und das waren sie alle noch, in eine solch bestialische Falle locken? Sie wussten ganz genau, was auf die Kinder zukommen würde. Oder haben Sie sich selbst an dem befriedigt, was Ihr Sohn mit den Mädchen getan hat?«

Mit diesen Worten lässt er sich wieder auf seinen Stuhl fallen und wartet die Reaktion von Saschas Mutter ab. Er ist sichtlich erschöpft.

Plötzlich sinkt die Frau in sich zusammen und beginnt bitterlich zu weinen.

»Nein, nein, ich will nicht sterben. Ich will nicht sterben«, schreit sie und ist einem Weinkrampf nahe. »Helfen Sie mir, Herr Staatsanwalt«, und dabei benutzt sie ihren Mantel als Taschentuch. Sie nimmt gar nicht wahr, dass der Staatsanwalt aufgestanden ist und einem Wärter befiehlt: »Passen Sie hier auf, ich brauche eine Pause. Ich habe schon vieles erlebt, aber so etwas noch nicht.« Mit diesen Worten verlässt er wütend den Raum.

Saschas Mutter kann sich nicht mehr halten. Ihren Kopf nach unten auf die Knie gelegt, die Arme schützend übereinander gekreuzt, sitzt sie auf dem Stuhl. Sascha steht auf und will offensichtlich zu ihr. Doch der Wärter, der direkt neben ihm steht, drückt ihn an der Schulter wieder auf den Stuhl zurück.

»Sie bleiben sitzen, bis der Herr Staatsanwalt wiederkommt, haben Sie verstanden!«, stellt er unmissverständlich klar.

»Aber ich wollte doch nur ...«, weiter kommt Sascha nicht, denn der Wärter drückt seine Schulter brutal nach unten.

Im Büro des Gefängnisdirektors versucht der Staatsanwalt wieder Ruhe zu finden. Er spricht mit dem Direktor: »Ich glaube, solch eine schwierige Verdächtige hatte ich die

ganzen letzten Jahre nicht. Da ist alles klar, wir haben genügend Beweise gegen sie – sogar ihren eigenen Sohn! Aber sie leugnet noch immer, mit diesen Straftaten zu tun zu haben.«
»Nun, sie ist auch hier im Lager sehr schwierig«, versucht der Direktor den aufgebrachten Staatsanwalt zu beruhigen. »Sie lässt niemanden an sich heran. Nicht die Wärter, geschweige denn eine der Mitgefangenen. Seitdem sie hier ist, hat sie noch mit niemandem auch nur ein Wort gesprochen.«
»Ich hoffe, sie ist in der Zwischenzeit vernünftig geworden. Ihre Tränen beeindrucken mich nicht. Ich möchte nicht wissen, wie viele Tränen die Opfer vergossen haben.« Der Staatsanwalt wendet sich ab, bereit, das Zimmer wieder zu verlassen. »Doch lassen wir das. Schönen Tag noch. Wir hören voneinander.«
Schnellen Schrittes eilt er zum Vernehmungszimmer und ist gespannt, wie Saschas Mutter auf seine letzten Sätze reagiert.
Als er den Raum betritt, bemerken alle, wie ruhig er in der Zwischenzeit geworden ist. Noch einmal, in aller Ruhe, spricht er zu Saschas Mutter, die noch immer weinend und vornüber gebeugt auf dem Stuhl kauert.
»Sie hatten nun genug Zeit, sich alles in Ruhe zu überlegen, Frau Spesiwtsew. Was haben Sie mir zu sagen?« Er wendet sich zur Seite und bittet den Wachtmeister zu gehen, um mit den Verdächtigen alleine zu sein.
Saschas Mutter hebt den Kopf, aber nicht ohne vorher ihren Sohn anzusehen. Doch von dem kommt keinerlei Reaktion.
»Herr Staatsanwalt, ich will nicht sterben. Verstehen Sie das nicht? Ich muss für meine Kinder da sein ... Ich will nicht sterben, ich will leben, leben für meine Kinder.«

»Frau Spesiwtsew, das hätten Sie sich wohl früher überlegen müssen, jetzt ist es zu spät. Ich kann Ihnen nur nochmals versichern, dass ich aufgrund der bisherigen Ermittlungen gegen Ihren Sohn und Sie die Todesstrafe beantragen werde, und glauben Sie mir, es wird in ganz Sibirien keinen Richter geben, der anderer Meinung ist als ich. Aber lassen wir das. Haben Sie mir etwas zu sagen oder nicht, meine Geduld mit Ihnen ist für heute zu Ende.«
»Herr Staatsanwalt, ich habe mit dem, was mein Sohn mit den Mädchen getan hat, nichts zu tun. Ich war in dieser Wohnung, in der auch mein Sohn gelebt hat. Sie haben Recht, ich hätte das alles nicht zulassen dürfen. Aber ich liebe meinen Sohn, und was sollte ich tun, ich wollte doch nicht, dass er sich eine eigene Wohnung nimmt und noch schrecklichere Dinge tut ... ja, ja, ja ... ich habe die Mädchen in die Wohnung gelockt, und ich wusste sehr genau, was mit ihnen geschieht. Doch hätte ich es nicht getan, wäre ich genauso wie diese Mädchen verprügelt worden. Wahrscheinlich hätte er dann auch meine Tochter wieder ständig vergewaltigt, wie er es schon oft getan hat. Oder er hätte mich wieder einmal krankenhausreif geschlagen.
Meine Tochter und ich standen immer vor der Wahl, entweder geschieht dies alles mit uns oder mit anderen Menschen. Irgendwann wollten wir uns selber schützen und ließen alles zu, was Sascha wollte, brauchte, ja verlangte. Schauen Sie, ich und meine Tochter bekamen von meinem Mann nur Schläge, er trank jeden Tag. Er war sehr nett zu uns, bis ich das verdiente Geld herausrückte, damit er sich seinen Wodka kaufen konnte. Eines Tages, wir bekamen wieder einmal keinen Lohn, schrie er mich an: ›Räumst wohl schon alles Geld beiseite, für dich und deine Bälger? Ich werde euch schon helfen, ihr Hurengesindel.‹ Dann riss er meiner Tochter, die sich schützend an

mich klammerte, die Kleider vom Leib und vergewaltigte das Kind vor meinen Augen. Schützend warf ich mich über sie, als sie nackt vor mir am Boden lag und ihre Augen mich Hilfe suchend anstarrten. Doch ich konnte ihr nicht helfen; mit einer Heiligenstatue schlug er mich bewusstlos. Als ich erwachte, sah ich mein Kind nackt am Boden liegend, während sich mein Mann ein neues Glas Wodka einschenkte. Ich hörte sie immer nur schreien: ›Der Papa tut mir so weh, Mama, bitte hilf mir, es tut so weh.‹ Wissen Sie, was da in einer Mutter vorgeht, wenn man so etwas mit ansehen muss?
Und glauben sie ja nicht, dass das nur einmal passiert ist. Mein Mann machte das dann laufend mit meinem Kind; für ihn war ich nur noch eine alte Kuh, mit der man nicht mehr schlafen kann. Und lassen Sie mich noch eines sagen: Sascha kann nichts dafür, was er getan hat. Glauben Sie mir, er ist nur wie sein Vater. Sperren Sie lieber den ein, der ist an allem schuld. Er wollte doch auch nur kleine Mädchen, genau wie sein Sohn Sascha.«
Während sie diese Worte spricht, betrachtet sie immer wieder ihren Sohn, der ihr wie gelähmt gegenübersitzt. Auch beim Staatsanwalt hat ihr plötzlicher Gefühlsausbruch offensichtlich einen starken Eindruck hinterlassen, denn er bricht die Befragung mit den Worten ab: »Frau Spesiwtsew, ich muss über Ihre Ausführungen nachdenken. Wir sehen uns morgen wieder.«
Beide, Mutter und Sohn, werden wieder zu ihren Zellen gebracht. Sascha, wie er später berichtet, bereut ab diesem Zeitpunkt nur eines – dass er seinen Vater nicht getötet hat: »Ich hätte dabei gelacht, und er hätte länger leiden müssen als alle anderen, die ich umgebracht habe.«
Saschas Mutter ist erleichtert, als sie wieder in ihrer Zelle

sitzt. Sie hat sich zum ersten Mal in ihrem kümmerlichen Leben das von der Seele geschrien, was sie seit Jahrzehnten bedrückt.

Ludmilla Spesiwtsew wartet angespannt auf den nächsten Tag, an dem sie erneut von dem Staatsanwalt verhört werden soll. Es gibt für sie noch so viel, was sie ihm zu sagen hätte. All die Jahre, in denen sie nur geschwiegen hat, nun will sie es loswerden.

Zwei Wochen später

Doch der Staatsanwalt benötigt sehr viel mehr Zeit, um all das in sich aufzunehmen, was ihm diese Frau bisher gesagt hat. Fast zwei Wochen vergehen, bis man Mutter und Sohn wieder aus den Zellen holt und sie sich im einfach eingerichteten Vernehmungszimmer des Lagers ein weiteres Mal gegenübersitzen.

»Bitte, Herr Staatsanwalt«, beginnt Ludmilla Spesiwtsew zu sprechen, bevor der Staatsanwalt sie befragt, »bitte lassen Sie mich nicht sterben, ich habe solche Angst davor.«

»Die Mädchen, die Sie in Ihre Wohnung gelockt haben, hatten dieselbe Angst wie Sie. Diese Kinder waren noch so jung und hatten ihr ganzes Leben noch vor sich; mit denen hatten Sie doch auch kein Mitleid. Warum also soll man bei Ihnen Gnade walten lassen?«

»Weil ich alles nur aus Liebe zu meinem Sohn getan habe. Alles ... können Sie das verstehen?«

»Nein. Und ich bezweifle auch, ob das überhaupt ein Mensch auf dieser Erde verstehen kann«, erwidert der Staatsanwalt.

Saschas Mutter sieht den Staatsanwalt an, redet flehend weiter: »Herr Staatsanwalt, ich möchte Sie nur um eines

bitten: Lasst mich am Leben. Lassen Sie mich weiterleben, selbst in diesem Lager, das ist mir egal, aber lassen Sie mich leben. Mir wurde immer alles genommen, was ich auf dieser Erde hatte, bitte nehmen Sie mir jetzt nicht auch noch mein Leben. Bitte!« Saschas Mutter faltet ihre Hände wie zum Gebet und sagt nur immer wieder: »Bitte, bitte lassen Sie mich leben.«
»Mutter«, erwidert da der Sohn, »was willst du denn immer mit deinem Leben. Ist das hier vielleicht ein Leben? Ganz ehrlich, da bin ich lieber tot, als noch länger hier sein zu müssen. Ich weiß, ich muss sterben – na und? Andere müssen auch sterben! Wie viele Männer sterben jung im Krieg, und sie finden alle keine Gnade.«
Der Staatsanwalt hat die Ausführungen zur Kenntnis genommen und macht eine kurze Pause. Er eilt nicht wie beim letzten Mal in das Büro des Direktors – er denkt über die Worte der beiden nach, setzt nachdenklich Schritt für Schritt auf dem langen Flur vor dem Vernehmungszimmer.
»Ich gebe Ihnen eine Chance«, fährt der Staatsanwalt wenig später fort, »Sie zeigen mir, wo Sie die anderen Leichenteile der Mädchen versteckt oder vergraben haben, und wenn ich zufrieden mit Ihrer Mitarbeit bin, werde ich mit den Richtern sprechen. Ich will, dass die Angehörigen der Opfer ihre Kinder ordentlich beerdigen können. Aber ich sage Ihnen gleich, wenn ich nicht zufrieden bin, bleibt es bei dem, was ich Ihnen gesagt habe.«
»Sie können sich darauf verlassen, ich werde alles zu Ihrer Zufriedenheit machen. Ich werde alle Knochen ausgraben, die ich vergraben habe. Es wird nicht den kleinsten Knochen geben, den ich nicht finden werde. Aber Sie versprechen mir auch, dass ich dann nicht die Todesstrafe bekomme ...?«
»Versprechen kann ich Ihnen gar nichts, noch spricht das

Gericht das Urteil und nicht die Staatsanwaltschaft. Aber ich kann Ihnen versprechen, dass ich ein gutes Wort für Sie einlege, und wenn Sie uns behilflich sind, die Opfer zu finden, wird dies das Gericht bei der Strafzumessung sicher berücksichtigen.«
»Und was heißt das für mich?«
»Nun, bei Ihnen geht es nicht darum, zwei oder zehn Jahre hier einsitzen zu müssen, sondern bei Ihnen geht es darum, ob Sie sterben werden für das, was Sie getan haben, oder ob man Sie weiterleben lässt.«
»Herr Staatsanwalt, ich zeige Ihnen die Stellen, wo ich die Überreste der Mädchen vergraben habe, darauf können Sie sich verlassen. Geben Sie mir die Chance weiterzuleben, und ich tue alles, was Sie verlangen.«
»Wir werden sehen. Es liegt alles nur an Ihnen. In den nächsten Tagen lasse ich Sie abholen. Dann können Sie uns beweisen, wie ernst es Ihnen ist, uns und den Angehörigen der Opfer zu helfen. Für die Angehörigen gibt es nichts Wichtigeres, als ihre Kinder beerdigen zu können. Nur Sie wissen, wo die Überreste dieser Mädchen ver-

Saschas Mutter unterzeichnet ihr Geständnis.

scharrt sind. Geben Sie sie im Interesse der Angehörigen frei, und ich werde Ihnen helfen, obwohl es mir zutiefst widerstrebt.«

Saschas Mutter gräbt nach Leichenteilen

Die mit drei schweren Eisenriegeln gesicherte Zellentür öffnet sich knarrend, und ein Wärter des Straflagers in Nowokusnezk schreit in die Zelle: »Kommen Sie raus, Frau Spesiwtsew, heute ist Ihr großer Tag. Nehmen Sie die Stiefel mit, und folgen Sie mir!«
Ludmilla antwortet nicht. Wie befohlen, nimmt sie die schweren schwarzen Anstaltsstiefel in den Arm und folgt dem Wärter.
Sie trägt eine graue Strickjacke, darunter einen schwarzen Pullover. Ihre Haare sind streng nach hinten gekämmt und zu einem Knoten zusammengebunden. Sie weiß sehr genau, was dieser Tag für sie bedeutet. Angespannt wartet sie auf jedes Wort des Wärters, denn heute will sie keinen Fehler machen. Sie weiß, es geht um Leben oder Tod – und

Saschas Mutter gräbt nach Leichenteilen.

sie will am Leben bleiben, ist nicht der Meinung ihres Sohnes, der sich nur den Tod wünscht.
»Ich hoffe, Sie haben sich alles gut überlegt, Frau Spesiwtsew?«, begrüßt der Staatsanwalt Saschas Mutter in seinem Dienstfahrzeug, das vor dem Lager wartet.
»Sie können sich darauf verlassen, ich werde Ihnen alles zeigen, was Sie sehen wollen. Es gibt nur eine Stelle, wo ich alles vergraben habe.«
»Ich will nichts sehen – ich will, dass diese Kinder ihre letzte Ruhe finden, verstehen Sie das? Ach, was rede ich da, das können Sie ohnehin nicht verstehen. Ich rate Ihnen nur eines: Geben Sie den Müttern und Vätern dieser Kinder die Möglichkeit, Frieden mit sich und mit ihrem Leben zu finden. Glauben Sie mir, *Ihr* Leben interessiert mich nicht, aber das Leben der Angehörigen, denn die sind es, die weiterleben müssen, ob sie wollen oder nicht. Also strengen Sie sich an, sonst haben Sie Ihr Leben für mich verwirkt. Sie bekommen einen Spaten, und Sie allein werden jeden noch so kleinen Knochen ausgraben. Niemand wird Ihnen helfen; ich will sehen, wie Sie jeden Quadratzentimeter alleine aus der Erde heben, so wie Sie es schon einmal getan haben, um diese schweren, grausamen Verbrechen zu vertuschen.«
Keine halbe Stunde vergeht, und der Wagen der Staatsanwaltschaft hält aufgrund der Wegbeschreibung von Saschas Mutter an. Nur wenige hundert Meter vom Mietshaus der Familie Spesiwtsew entfernt sagt sie: »Hier ist es, bitte bleiben Sie stehen.«
Drei Polizeifahrzeuge mit Beamten sind dem Wagen des Staatsanwalts gefolgt. Nacheinander parken sie am Rand des unwegsamen Geländes. Kleine Büsche und Sträucher verhindern eine Einsicht von der Straße her.
Der leitende Staatsanwalt und fünf Polizisten haben die

kleine, zierliche Frau in ihre Mitte genommen. Einer der Beamten holt einen Spaten aus dem Kofferraum seines Wagens und übergibt ihn wortlos der Frau. Mit ihren viel zu großen Stiefeln stapft sie zu einem kleinen Baum und beginnt zu graben. Es ist nicht das erste Mal, dass sie an dieser Stelle das Erdreich aufgräbt. Doch diesmal ist sie nicht allein, auch ist es an diesem Tag noch nicht dunkel. Diesmal stehen Männer um sie herum und warten auf das, was sie zu Tage bringt.
Ludmilla Spesiwtsew nimmt den Spaten in die Hand und beginnt das Erdreich zu lockern. Sie schaut die vielen Männer nicht an; wie ein Goldgräber versucht sie, erfolgreich zu sein. Nach einer halben Stunde kommt der erste kleine Knochen zum Vorschein. Sie bückt sich, zieht ihn aus der Erde und versucht ihn mit ihrer Spucke zu reinigen. Einer der Männer nimmt ihr den Knochen aus der Hand und steckt ihn in einen blauen Plastikbeutel. Es vergehen nur Minuten, und weitere Knochen kommen ans Tageslicht.
Saschas Mutter gräbt und gräbt, und man merkt ihr an, dass sie schwere Arbeit gewöhnt ist. Sie wiederum bemerkt, wie sehr sie von den umstehenden Männern verachtet wird.
Immer wieder werden kleine Knochen gefunden, immer wieder trennt sie sie sauber von der Erde und wirft sie in die von den Beamten bereitgehaltenen Plastikbeutel. Doch der leitende Staatsanwalt ist mit ihrer Arbeit noch nicht zufrieden.
»Angeklagte!« – Wahrscheinlich nennt er sie das erste Mal so – »Was soll das hier ... das können genauso gut Hühnchenknochen sein. Ich kann das nicht entscheiden, dafür ist die Gerichtsmedizin zuständig. Aber ich weiß, dass Menschen sehr viel größere Knochen haben, und davon habe ich noch keine gesehen.«

»Herr Staatsanwalt, hier habe ich auch nur die kleinen Teile vergraben. Hände, Füße und anderes.«
»Und die großen Knochen, wo haben Sie die hingebracht?«
»Das wissen Sie doch. Die habe ich in den Fluss geworfen.«
»Frau Spesiwtsew, wenn Sie glauben, dass ich mich mit dem, was sie hier zu Tage gebracht haben, zufrieden gebe, haben Sie sich getäuscht. Meine Aufgabe ist es, Beweise zu finden, aber was ich bisher von Ihnen bekommen habe, sind keine Beweise, das könnten genauso gut Knochen von Tieren sein. Also graben Sie weiter, und bringen Sie mir Knochen, anhand derer wir die Identität der Opfer nachweisen können, oder wir vergessen unsere Abmachung.«
Er ist verärgert und ungeduldig, immer wieder kommt ihm sein kleiner Pakt mit dieser Frau in den Sinn – Abscheu ergreift ihn, Abscheu vor der Welt, vor dieser grabenden Frau, vor sich selbst, der sich mit solchen Menschen – Menschen! – einlässt, aus welchen Gründen auch immer. Mit Ekel in der Stimme spricht er weiter: »Wenn Sie der Todesstrafe entgehen wollen ... also, was ich hier bisher gesehen habe, reicht mir nicht. Bringen Sie alles zu Tage, sodass ich guten Gewissens den Angehörigen der Opfer sagen kann: Hier sind die Überreste Ihrer Töchter. Alles andere zählt nicht für mich.«
Er wendet sich ab, scheinbar, um sie mit den Bewachern allein zu lassen. Sie fleht ihn an: »Herr Staatsanwalt, hier habe ich nur Teile vergraben, die man nicht essen konnte. Die großen Knochen habe ich in den Fluss geworfen, das wissen Sie doch.«
Tränen steigen ihr in die Augen. Man mag es nicht glauben, dass es dieselben Augen sind, die ungerührt der Marter vieler kleiner Mädchen zugesehen haben.
»Nun, sprechen wir noch einmal das Thema an, das mir besonders am Herzen liegt. Sollten Sie nur derart kleine Kno-

chen finden, war Ihre Mühe umsonst. Da kann ich den Angehörigen ebenso gut Geflügelknochen vorlegen. Also, wo sind die Körper der Opfer? Ich fordere Sie zum letzten Mal auf: Lassen Sie zu, dass die Angehörigen ihren inneren Frieden finden und die sterblichen Überreste ihrer Töchter anständig begraben können.«
»Sie wissen sehr genau, Herr Staatsanwalt, dass ich Ihnen sage und zeige, was ich weiß. Ich habe doch selbst alle Teile in den Fluss geworfen. Ich tue doch alles, was Sie wollen, ich will doch leben. Aber verlangen Sie doch nicht etwas von mir, was ich nicht kann.«
»Können Sie sich nicht noch an andere Plätze erinnern, wo Sie die Opfer vergraben haben?«
»Nein«, antwortet sie und gräbt weiter.
»Sind Sie sich ganz sicher?«, hakt der Staatsanwalt nach.
»Ganz sicher.«
»Aber wohin sind dann die anderen Opfer verschwunden?«
»Die habe ich in den Fluss geworfen, ich sagte es Ihnen ja schon.«
»So so, in den Fluss.« Er grübelt. »Wir haben so ziemlich alles, was Sie in den Fluss geworfen haben, geborgen. Unzählige menschliche Leichenteile, aber eben nur einen Kopf. Einen einzigen Kopf, von neunzehn Mädchen, die Ihr Sohn gestand, getötet zu haben. Also: Wo sind die anderen Köpfe?«
»Die ... die habe ich, oder wir ... bitte, muss ich das wirklich sagen?«
»Ja, das müssen Sie uns schon erzählen. Wir sind nicht zum Spaß hier.«
»Herr Staatsanwalt ... Herr Staatsanwalt, ich weiß nicht, ob ich das sagen soll.«
»Sie müssen es uns sagen – oder wollen Sie die Todesstrafe?«

»Unser Hund hat sie gefressen. Und wir waren froh darum. Sascha hat immer nur gesagt: Verräume die Köpfe, damit sie nie jemand finden kann. Wenn man die Köpfe nicht hat, kann man uns nichts beweisen.«
Nach diesen Worten beendet der Staatsanwalt die Aktion, jedoch nicht, ohne noch einmal die Funde des Tages zu begutachten. Insgesamt sind es vielleicht hundertzwanzig kleine Knochenteile, fein säuberlich in Plastiktüten verpackt.

Wer war diese Frau, die unschuldige Kinder in die Fänge eines Ungeheuers trieb? Die Menschenfleisch kochte, nur aus Liebe zu ihrem Sohn? Die Frau, die zunächst alle Schuld von sich wies und nur unter dem Druck der Aussage der für wenige Stunden überlebenden Zeugin alles ge-

Sascha in seiner Zelle

stand. Die Frau, die gestand, Mädchen in die Fänge eines Sohnes getrieben zu haben, der die Opfer, die noch Kinder waren, vergewaltigt, gefoltert, zerstückelt und gegessen hat. Wer war diese Frau, die nur daran dachte, ihr Leben zu retten, und allein aus diesem Grunde die Leichenteile ausgrub? Wer die Filme der Staatsanwaltschaft sieht, wer sieht, wie sie die wiedergefundenen Knochenteile mit unbeteiligter Miene in die Hand nimmt und wie etwas Wertloses in die Plastikbeutel der Gerichtsmedizin wirft, weiß, dass diese Frau nicht den normalen Vorstellungen menschlicher Regungen entspricht. Sie ist weit entfernt von dem, was ein »normaler« Mensch fühlen und erfassen kann.

Besuch im Lager

Eine Reise nach Sibirien, fast nur möglich über Moskau, ist in unserer schnelllebigen Zeit noch immer ein Abenteuer. Das Abenteuer beginnt bereits mit dem Versuch, von Moskau aus einen Anschlussflug nach Sibirien zu bekommen. Natürlich ist man im Besitz eines Tickets, doch für dieses Dokument hat das Bodenpersonal des Flughafens nur ein müdes Lächeln übrig. Man wird von oben bis unten gemustert, als hätte man einen Flug zum Mars gebucht. Vielleicht auch verständlich: Welcher Ausländer bucht schon eine Reise nach Sibirien? So wird einem erklärt, dass für den vorgesehenen Nachtflug nur dieser eine Platz gebucht ist und dass dies natürlich Probleme mit sich bringt.
»Können Sie denn nicht morgen fliegen, da haben wir wenigstens noch zwei weitere Passagiere auf der Liste.«
Also sagt man, man habe für den morgigen Tag einen wichtigen Termin beim Gericht in Nowokusnezk, was natürlich gelogen ist. »Gericht«, das zeigt Wirkung bei der jungen Dame an dem kleinen Schalter.
»Ich schaue, was sich machen lässt«, ist ihre Antwort, und man schöpft wieder Hoffnung.
Stunden des Wartens vergehen. Es ist spät abends, und kein Lokal ist in dem riesigen Flughafengebäude geöffnet. Plötzlich kommt eine äußerst attraktive junge Frau und verkündet, dass die Maschine nach Sibirien in nur wenigen Minuten starten wird. Sie bittet den einzigen Fluggast freundlich, ihr zu folgen, und betont immer wieder, wie schwierig es war, diesen Flug zu organisieren. Man gibt ihr ein paar Dollars, und sie stellt einem den Piloten vor, dem – obwohl noch zwei Meter entfernt – die Wodkafahne vorauseilt. Verwundert stellt man fest, dass

er nicht wankt. Stumm geht er voraus, und man ist gespannt, welche Überraschungen diese Nacht noch bereithalten wird. Man geht weder durch ein Gate noch durch irgendeine Kontrolle. Über einen Seitenausgang kommt man direkt zur Rollbahn, auf der eine kleine Maschine steht. Der Pilot geht zur Maschine, öffnet die Eingangsluke und lässt die Treppe zu Boden. Mit einem Wink deutet er an, dass man das Flugzeug besteigen kann.
Stufe für Stufe nach oben gehend, glaubt man, die Treppe zu einem Schafott zu besteigen. Oben angekommen, schaltet der Pilot eine Art Notlicht im Kabinenraum ein. Die Sitze sind nur schemenhaft zu erkennen; mit einem Lächeln deutet der Pilot auf einen Sitz, auf dem man Platz nehmen soll. Ohne ein weiteres Wort verschwindet er in seiner Kanzel und schließt die Tür hinter sich zu. Vielleicht neunundzwanzig leere Sitze teilen das Gefühl der Angst mit dem einzigen Passagier dieser Maschine. Gedanken schießen durch den Kopf, keine Stewardess, kein Copilot, kein Licht, das wenigstens das Lesen erlauben würde. Nichts. Man denkt an zu Hause, wie es wohl der Familie geht und ob man sie je wieder sieht.
Doch plötzlich dröhnen die Motoren, und ehe man sich versieht, ist man gestartet. Man sieht aus dem Fenster und stellt erleichtert fest, dass zumindest der Start geglückt ist. Bis zur Landung vergehen viele Stunden, ohne eine Sekunde Schlaf. Wen wundert noch, dass man kein Glas Rotwein serviert bekommt; der einzige Gast dieser Maschine hätte aus Angst wohl ein ganzes Fass leer getrunken. Doch auch diese Stunden vergehen, und der Pilot kann das Flugzeug auch mit Wodka sicher landen.

Es ist früher Morgen in Sibirien, wolkenverhangen begrüßt die Stadt ihren Besucher. Nach etwa zwei Stunden

bekommt man ein Taxi zum einzigen Hotel, das für Mitteleuropäer akzeptabel und sicher ist. Der Preis eines Einzelzimmers, das zum letzten Mal vor Monaten sauber gemacht wurde, beträgt einhundertsechzig Dollar.
Mit den Worten »Bitte nur mit Bargeld bezahlen, wir nehmen keine Kreditkarten« wird einem der Zimmerschlüssel in die Hand gedrückt. Natürlich gibt es keinen Lift, so steigt man die vier Stockwerke hoch und fragt sich, weshalb man ein Zimmer im vierten Stock erhält, obwohl man doch sicher der einzige Gast in diesem Haus ist. Müde schließt man das Zimmer auf und träumt davon, nun endlich schlafen zu können. Man hat nur einen Wunsch: Die Erlebnisse der vergangenen Nacht möglichst schnell zu vergessen.
Nach ein paar Stunden Schlaf, es ist bereits Nachmittag, versucht man vergebens, ein Frühstück zu bekommen. Verwundert betritt man den dafür vorgesehenen Raum, der mit Möbeln aus der Nachkriegszeit ausgestattet ist. Doch hier tobt um diese Zeit das Leben: Junge, mit Goldschmuck behangene Männer sitzen oder liegen mit hübschen Frauen auf den Sofas und lassen sich mit reichlich Alkohol den Tag verschönern.
So schlendert man durch die Straßen und hofft auf ein einladendes Café. Viele schwankende Männer und Frauen begegnen einem auf der Straße, nur mit sich selbst beschäftigt. In ihren heruntergekommenen Kleidern, mit Schlappen oder Gummistiefeln an den Füßen, den Blick ins Leere gerichtet, genießen sie den Tag und die Wirkung des Alkohols. Sie lachen und albern herum wie kleine Kinder und suchen nach den letzten Kopeken für neuen »Sprit«.
Doch je näher man der Innenstadt von Nowokusnezk kommt, umso besser gekleidet sind die Menschen. Aus den Kneipen ertönt laute amerikanische Musik. Betritt man sie,

glaubt man, in Russland gäbe es mehr Alkoholiker als schrottreife Autos. Wohin taumelt ein Land, dessen Menschen mit dem Alkohol verbündet sind? Wo kann man ihn noch sehen, den Stolz der Menschen aus vergangenen Tagen? Was bleibt, sind Menschen, die sich den halbherzigen Schwüren ihrer Machthaber ergeben haben.
Sascha Spesiwtsew oder seine Mutter im härtesten Straflager Sibiriens besuchen zu dürfen, eine Besuchserlaubnis für diese Institution des Grauens zu bekommen, schien für einen Ausländer lange Zeit unmöglich. Auch wenn der Staatsanwalt eingewilligt hätte, die Erlaubnis dazu kann nur der Ermittlungsrichter ausstellen – und von dem ist normalerweise nichts zu erwarten.
Dennoch: Allen Hindernissen zum Trotz fährt bald ein blaues Taxi den sandigen, steilen Weg hinab zu dem Backsteingebäude, das einer Fabrik gleicht. Der zweistöckige Bau beherbergt die Verwaltung des Lagers. Durch ein riesiges Eisentor im Untergeschoss kommen die künftigen Gefangenen an. Die meisten von ihnen verlassen dieses Gebäude nicht mehr lebend. Genau vor dem Tor bleibt der Fahrer stehen, nicht ohne seinem Fahrgast »Alles Gute für die Zukunft« zu wünschen. Dann folgt minutenlanges Schlüsselrasseln, bis sich das Tor öffnet und den Weg zum Haupttrakt des Lagers freigibt. Unzählige Gittertüren werden auf- und zugesperrt in den geisterhaft wirkenden Gängen. Links und rechts sind in gleichmäßigen Abständen schwere eiserne Zellentüren eingelassen. Kein Ton dringt von innen auf den Gang. Es ist kein schöner Ort.

Am Ende des Ganges befindet sich das Büro des Direktors, des Herrn über diese sibirische Vorhölle. Ein älterer Lagerwärter weiß einige Anekdoten zu berichten und verkürzt einem die lange Wartezeit.

»Früher, vor der Perestroika, kamen hierher die schwersten Verbrecher aus ganz Russland. Dieses Lager war gefürchtet im ganzen Land. Wer hierher verbannt wurde, hatte meist schon mit seinem Leben abgeschlossen. Denn begnadigt wurde hier keiner. Schwerste Arbeit bei minimalen Essensrationen war hier die Devise. Was sollte man auch noch Geld ausgeben für diese Halunken. Viele starben an Krankheiten, viele an Erschöpfung. Den Frauen – denn auch die kamen hierher – erging es nicht besser. Meist überlebten sie das Lagerleben nicht sehr lange. Doch die Regierung sorgte schnell für Nachschub. Oft waren wir überbelegt, teils mussten die Gefangenen in den langen Gängen schlafen, da die Zellen allesamt überfüllt waren.«

Gemütlich lehnt er sich in seinem Stuhl zurück, kaut auf einer undefinierbaren Masse. Und erzählt weiter, mit Genuss, sich seiner plötzlichen Hauptrolle sehr bewusst: »Aber mich geht das ja alles bald nichts mehr an. Bald gehe ich in Rente. Ich bin froh, wenn ich das hier dann alles hinter mich gebracht habe. Es war nicht leicht, nie ... was glauben Sie, was ich Ihnen alles erzählen könnte.«

Man glaubt ihm gern. Aber erzählen will er dann doch nichts. »Nein, nein, ich werde Ihnen gar nichts erzählen aus dieser Zeit. Ich möchte doch meine Rente nicht aufs Spiel setzen, das müssen Sie schon verstehen. Wissen Sie, ich habe neun Enkel, und auf die freue ich mich besonders. Die sollen doch noch etwas haben von ihrem Großvater, oder?«

Genug erzählt – er wendet sich ab, zuckt sogar kurz zusammen, als sich eine Tür öffnet. Sie scheint in die Zentrale zu führen, in das Büro des Mannes, der über das Lager herrscht. Der Besucher wird hineingebeten und für einen kurzen Moment allein gelassen. Nachdem man am

Lagerdirektor Wladimir Romanow

Schreibtisch Platz genommen hat, betritt ein Mann den Raum. Wladimir Romanow, der Lagerdirektor von Nowokusnezk. Er ist sich seiner Stellung bewusst. Der große, schlanke Mann mit der korrekten Uniform hält sich sehr gerade. Er weiß, wer er ist und welche Bedeutung seine Arbeit hier hat. In seinem großen Ledersessel sitzend, im graugrünen Uniformhemd, drei Sterne zieren die Schulterklappen, gewährt er gnädig Audienz.
Stolz zeigt er einem die für sibirische Verhältnisse hochmoderne Telefonanlage und die automatische Fernsehüberwachungsanlage. »Die Zelle von Sascha Spesiwtsew kann man damit jedoch nicht einsehen, auch nicht die Zelle seiner Mutter. Man kann keine einzige Zelle einsehen, nur die endlosen Gänge vor den Zellentüren.«
Plötzlich ruft er einen Beamten in sein Büro. »Sie begleiten mich zur Zelle Nr. 25.«

»Selbstverständlich«, antwortet der Mann. Romanow steht auf und bittet seinen Gast, ihm zu folgen.
Der junge, große und offensichtlich gut durchtrainierte Wachbeamte geht durch einen dieser endlos wirkenden Gänge voraus. Alle paar Meter passiert man wieder schwere Türen. Alle Türen haben Gucklöcher, die es den Beamten erlauben, in das Innere der Zellen zu blicken. An einer Stelle auf der rechten Seite des Ganges ist keine normale Zellentür, sondern eine massive, etwa einen Meter hohe Eisentür. Die Tür wird geöffnet, und man sieht auf ein Eisengitter. Durch das Gitter kann man in einen Vorraum blicken, in dem sich auf der gegenüberliegenden Seite zwei weitere Zellentüren befinden. Auf einer der Türen, sie ist rotbraun angestrichen, steht groß die Zahl 25. Es ist die Zelle von Sascha Aleksander Spesiwtsew. Man kann sofort erkennen, dass es sich hier um eine Hochsicherheitszelle handelt. Die Türen sind mit mehreren Schlössern gesichert. Das Gitter wird aufgeschlossen. Der Beamte öffnet eines der vielen schweren Schlösser an der Zellentür Spesiwtsews. Er blickt durch den Spion und gibt dem Gefangenen kurze, aber eindringliche Anweisungen: »Steh auf, Gesicht hierher, bleib da stehen, dreh dich um.«
Noch einmal vergewissert sich der Beamte, ob sein Gefangener auch in der angewiesenen Position ist, bevor er die anderen großen Schlösser öffnet. Dann ist die Tür offen, und vor dem Direktor, seinem Wachmann und dem ausländischen Besucher steht der Mann, den sie den »sibirischen Tiger« nennen: Sascha Aleksander Spesiwtsew.
Das Ungeheuer sieht aus wie ein Häufchen Elend. Fast ist man enttäuscht. Ein Berserker, ein wildes Tier, eine blutrünstige Bestie hat der Besucher erwartet. Doch es ist nur eine menschliche Gestalt, die in Straßenschuhen ohne Schuhbänder, in einer kurzen Hose und einem dunklen

Anorak in der Mitte des Raumes steht und mit gesenktem Kopf darauf wartet, was mit ihr geschieht. Offensichtlich hat er Angst, doch als er den Direktor des Lagers erkennt, wird er scheinbar ruhiger. Dieser spricht ein paar Worte mit ihm, doch der Gefangene Sascha Aleksander Spesiwtsew wagt es anscheinend nicht, seinen Blick zu heben. Man spürt, er weiß ganz genau, dass ein falsches Wort sein Leben beenden würde. Der Befehl zu einem gemeinsamen Hofgang mit seinen Mitgefangenen wäre sein sofortiger Tod.
Dies ist nicht nur in Sibirien so. In allen Gefängnissen der Welt gelten Kindermörder als Abschaum unter den Mithäftlingen. Die Ermordung eines solchen Menschen würde jeden Insassen in der Hierarchie des Gefängnisses weit nach oben bringen. Gemeinschaft mit anderen Mitgefangenen gibt es für Menschen wie Sascha nicht, denn er würde die Gegenwart von Mitgefangenen nur für Minuten überleben. In Russland wie in der ganzen Welt stehen sie an der untersten Stufe der Gefängnishierarchie, die, die Kinder schänden und töten. Jeder Häftling, der einen solchen Menschen umbringt, könnte sich sicher sein, von keinem der Mitgefangenen verraten zu werden. Was sollten sie hier im Straflager auch zu verlieren haben, ihre Strafen überleben sie meist ohnehin nicht. Ein Mord an Sascha hingegen würde mehr Kaffee, mehr Zigaretten, mehr Annehmlichkeiten bedeuten – und das allein zählt.
Die Sicherheitszelle, in der der Häftling Spesiwtsew noch immer mit gesenktem Haupt steht, ist der Traum derer, die einer solchen Kreatur die Hölle auf Erden wünschen. Für denjenigen, der hier inhaftiert ist, ist es tatsächlich die Hölle. In den Blicken des Direktors, der in seiner Anstalt die schwersten Verbrecher Russlands aufnehmen muss, glaubt man Genugtuung zu erkennen.

Man holt eine Lampe, und erst jetzt sieht man diesen Raum in seiner ganzen Enge und Düsternis. Die Zelle ist nichts anderes als ein in den Felsen gehauenes Loch von rund sechs Quadratmetern. Die Zellentür ist innen mit Eisen beschlagen und auf der gegenüberliegenden Seite – obwohl auch hier alles aus massivem Stein besteht – nochmals mit Eisengittern gesichert. Links neben der Tür befindet sich die Toilettenschüssel, daneben ist ein Holzbrett in einem knappen Meter Höhe an der Wand befestigt. Auf dem Holzbrett liegt eine dünne, alte Matratze und darauf wiederum ein knappes weißes Leintuch, eine rote Wolldecke und ein Kissen. Der Raum besitzt keine Fenster. Licht dringt nur durch zwei winzige, schmale Luftschlitze in der Decke ein. Sascha Spesiwtsew lebt in Dunkelhaft.

Direktor Romanow blickt seinen Gefangenen unbarmherzig an. Keine Gefühlsregung ist in seinem starren Gesicht zu lesen, als er sagt: »Seit einem Jahr sitzt er nun in Untersuchungshaft. Doch zu bereuen habe er nichts, beteuert er immer wieder.«

Was auffällt: Obwohl das Leintuch und die Decke auf dem Bett nicht neu sind, so sind sie doch gewaschen. Auch ein weißblau gestreiftes Handtuch liegt sauber gefaltet über der Wolldecke. Man war vorbereitet auf den Besuch. Wenn man sieht, in welchem Zustand sich die anderen Zellen befinden, muss man über die saubere Wäsche des verachtetsten Gefangenen dieses Lagers unwillkürlich lachen. Wahrscheinlich hat man sie nach dem Besuch wieder ausgewechselt.

Saschas Geständnis

Für Sascha Aleksander Spesiwtsew sind Besuche eine Seltenheit. Kein Verteidiger, kein Pfarrer, niemand hat bei der Lagerleitung je um eine Erlaubnis nachgefragt. Der einzige Besuch, den er ab und zu erhält, ist ein vom Gericht bestellter Psychiater. Dann darf er seine Zelle für ein paar Stunden verlassen und kommt in die Besucherzelle. Doch auch diese Besuche sind weniger geworden, »da man jedes Wort aus ihm herauspressen muss«, sagt der Lagerdirektor Romanow.

»Fragen und Untersuchungen, die für mich wichtig wären, lehnt er meist ab. Immer wieder ist seine Antwort: ›Ich leugne doch nichts, was wollen Sie denn von mir, und richtig im Kopf bin ich auch.‹« Romanow überlegt, sagt dann: »Sascha lässt uns fühlen, dass er an den Untersuchungen kein Interesse hat. Wenn ich ihn nach Tathergängen, nach Einzelheiten frage, weist er alle Fragen mit dem Satz ab: ›Das habe ich alles schon dem Staatsanwalt oder der Polizei erzählt.‹ Nur wenn ich ihm eine Zigarette gebe, erhellt sich ein wenig sein Gesicht, er inhaliert gierig und ist dann wieder schweigsam wie ein Grab. Wie soll ich da vernünftig arbeiten?«

»Wie wollen Sie dann Saschas Geisteszustand einschätzen oder begutachten, wenn er niemanden an sich heranlässt?«

»Das weiß ich ehrlich gesagt selbst noch nicht. Aber ich habe von der Staatsanwaltschaft erfahren, dass sie ihn in der kommenden Woche erneut verhören will. Bisher hat er zwar die Taten gestanden und sein Geständnis sogar schriftlich fixieren lassen, doch die Staatsanwaltschaft möchte Tathergänge, eben Einzelheiten erfahren, und da werden wir sehen, wie er sich verhält.«

Ein paar Tage später ist es dann soweit: Die Staatsanwaltschaft hält mit fünf Herren und einer Dame Einzug im Vernehmungsraum des Straflagers. Der einzigen Frau, sie ist vielleicht dreißig Jahre alt, merkt man an, wie unangenehm ihr dieser Besuch ist. Als Schriftführerin hat sie jedoch neben dem Staatsanwalt Platz zu nehmen und damit genau gegenüber von Saschas Stuhl. Eine Videokamera wird aufgebaut, und am Tisch des Staatsanwalts wird ein Mikrofon installiert.

»Die anderen zwei Herren sind von der Polizei und fungieren als Zeugen. Wir wollen schon sehr genau sein; man soll später nicht sagen können, wir hätten unsere Arbeit nicht korrekt gemacht«, sagt der Staatsanwalt und fügt hinzu: »Gerade in diesem Fall.«

Sascha Spesiwtsew ist wegen der Anzahl der Besucher offensichtlich überrascht, als er das Vernehmungszimmer betritt. Neugierig sieht er sich im Raum um und grüßt mit einem Nicken, bevor er sich setzt. Noch bevor der Staatsanwalt die erste Frage stellt, bittet Sascha: »Sie können mir alle Fragen stellen, aber bitte keine, die meine Mutter betreffen. Bitte – keine Fragen zu dem, was sie getan hat. Das fragen Sie sie besser selbst.«

»Woher kommt denn der plötzliche Sinneswandel bei Ihnen? Bei meinen früheren Vernehmungen haben Sie Ihrer Mutter doch immer Vorhaltungen gemacht. Haben nicht Sie Ihrer Mutter vorgeworfen, das Fleisch gekocht und gebraten zu haben?«

»Das ist richtig, aber ich habe es mir durch den Kopf gehen lassen ... ich will nicht schuld sein, wenn meine Mutter die Todesstrafe erhält. Was meine Mutter betrifft, müssen Sie sie schon selbst befragen. Bitte, lassen Sie mich da aus dem Spiel.«

»Nun gut – klammern wir einmal die Taten Ihrer Mutter

aus, kommen wir also zu Ihnen. Sind Sie denn bereit, über alles auszusagen, was man Ihnen zur Last legt?«
»Natürlich, ich habe doch schon alles gestanden. Ich habe doch unterschrieben, dass ich die neunzehn Mädchen getötet habe. Was wollen Sie denn noch von mir hören?«
Überrascht steigt der Staatsanwalt sofort in das Gespräch ein: »Waren es nicht vielleicht einige Mädchen mehr als diese neunzehn?«
»Nein, sonst hätte ich mir doch ihre Namen aufgeschrieben, und ihre ... Sie wissen schon ... nachgezeichnet.«
»Ich weiß nicht, ob ich Ihnen das glauben soll, ob es nicht doch noch viel mehr Mädchen waren, die sie zu Hause eingesperrt haben.«
»Vielleicht ... aber da hätte das Heizungsrohr im Haus nicht platzen und Sie hätten nicht die ganze Wohnung auf den Kopf stellen dürfen«, gibt Sascha zu verstehen.

Das Opfer Jewgenija Baraschkina

»Mir wäre es lieber gewesen, das Rohr wäre schon viel früher geplatzt. Dann könnten viele Mädchen noch leben«, gibt der Staatsanwalt seine Meinung kund.
»Ach was, in unserer heutigen Gesellschaft haben doch schon Kinder Geschlechtskrankheiten. Es gibt in unserer Stadt hunderte von Prostituierten, die noch nicht einmal zehn Jahre alt sind. Wissen Sie, wie viele drogensüchtige Mädchen sich auf unseren Straßen herumtreiben? Das wollte ich nicht zulassen, dagegen wollte ich kämpfen. Verwahrloste Jungen und Mädchen finden Sie an jeder Ecke, und sie haben nur eines im Sinn: Leute auszurauben und auf den Strich zu gehen. Die neue Freizügigkeit in unserem Land ist doch an allem schuld, bei uns herrscht nur noch Gewalt und Korruption. Alle Politiker wirtschaften doch nur in ihre eigene Tasche. Wie viele Menschen sterben ihretwegen, allein in unserer Stadt. Wenn die Politiker nicht nur an sich denken würden, gäbe es all diese Schweinereien nicht. Aber was soll man machen?«
»Und Sie wollten das Übel der Stadt bekämpfen, indem Sie die Mädchen in Ihre Wohnung locken, sie vergewaltigen, als Sexsklavinnen halten, töten und essen?«
Der Staatsanwalt blickt Sascha an. Er kann nicht glauben, was er da gerade gehört hat – dieser Unhold schiebt den Grund für seine Taten ganz weit weg.
»Ja, das ist richtig«, und dabei grinst Sascha scheu.
»Nun, bei den drei Mädchen, oder was von ihnen noch übrig war, als wir in Ihre Wohnung eindrangen, hat die Gerichtsmedizin nicht festgestellt, dass sie drogensüchtig waren«, entgegnet der Staatsanwalt.
»Ach was, was wissen die denn schon. Natürlich haben sie bei mir keine Drogen bekommen, und nachdem sie so lange Zeit bei mir waren, konnten sie auch keine Spuren von Drogen mehr in sich haben.«

»Die Eltern der Mädchen haben mir etwas anderes erzählt. Sie sagten alle, dass ihre Kinder noch nie Drogen genommen hätten.«
»Was wissen die denn schon!«, höhnt Sascha. »Bis die mitbekommen, was bei ihren Kindern abläuft, sind die längst schon abhängig.«
»Gut, lassen wir das vorerst. Kommen wir zu den Mädchen, die wir in Ihrer Wohnung vorgefunden haben. Wie sind sie in Ihre Wohnung gekommen?«
»Herr Staatsanwalt, ich habe Ihnen doch gesagt, dass ich Ihnen nichts erzählen werde, was meine Mutter in irgendeiner Weise belasten kann.«
»Dann ist also die Version Ihrer Mutter richtig. Sie sagte, sie habe die drei Mädchen auf der Straße gesehen, sie wollten sich gerade Batterien für ihr Kofferradio kaufen. Sie habe die drei gebeten, ihr beim Tragen ihrer schweren Einkaufstasche zu helfen, weil sie so starke Rückenschmerzen habe.«
»Wenn sie's so gesagt hat, wird's schon stimmen.« Sascha entspannt sich etwas und beginnt zu erzählen: »Ich hatte sehr viel Zeit, Sie wissen ja, ich war arbeitslos, und da bin ich halt durch die Straßen gelaufen. Ich war auch viel im Bahnhof. Da laufen sie doch alle rum, diese Huren. Wenn mir eine gefallen hat, habe ich sie mir genommen.«
»Waren das nur Mädchen, die Sie mit nach Hause genommen haben?«
»Ja, das waren nur Mädchen, ich bin doch nicht schwul.«
»Da hat uns aber der elfjährige Ljoscha etwas anderes erzählt. Er sagte – ich lese Ihnen seine Aussage vor: ›Sascha trieb sich überall herum, wir kannten ihn alle. Einmal ist er auf mich zugegangen und hat mich gefragt, ob ich mitkommen würde, aber ich bin weggerannt, weil ich Angst hatte.‹ Was sagen Sie dazu, Sascha?«

»Was soll ich sagen, ich kann Ihnen nur immer wieder sagen, dass mich nur Mädchen interessiert haben. Sie haben doch auch keinen einzigen Jungennamen in meinen Notizen gefunden. Ich hätte mir das schon aufgeschrieben, wenn ein Junge dabeigewesen wäre.«
»Also keine Jungen?«
»Nein. Ganz sicher nicht.«
»Zurück zu den drei Mädchen Jewgenija, Olga und Anastasia, die wir in der Wohnung vorfanden. Erzählen Sie uns, wie hat sich das abgespielt, als die drei Mädchen plötzlich die Wohnung betraten?«
»Ich war gerade im Flur mit meinem Hund, als die Mädchen hereinkamen. Ich erinnere mich genau.« Dabei muss er lachen. »Bei einem der Mädchen hat mein Hund gleich zugebissen. Die anderen haben geschrien, da hat er sie auch gleich gebissen. Die Mädchen weinten, obwohl er gar nicht so fest zugeschnappt hatte. Da habe ich sie alle drei ins Bad gesperrt. Da schrien sie noch lauter, aber als ich den Hund dazusperrte, war es gleich ganz ruhig.«
»Hatten Sie nicht Angst, dass jemand die Schreie hören könnte?«
»Nein, warum? Das kleine Badfenster ist verschlossen gewesen. Und wenn es einmal zu laut wurde, ging ich hinein. Dann waren sie gleich wieder ruhig.«
»Und was haben Sie dann mit den Mädchen gemacht?«
»Na, was werde ich schon mit ihnen gemacht haben?«, fragt Sascha zurück, und der Stolz in seiner Stimme ist kaum zu überhören.
»Haben sich die Mädchen nicht gewehrt?«
»Anfangs schon ein wenig, aber das half ihnen nichts. Bei mir bekamen sie die Prügel, die sie zu Hause hätten bekommen sollen. Und wenn es mir zu bunt wurde, habe ich sie vom Hund beißen lassen, der tut das nämlich ganz gern.

Dann sind sie wieder tagelang mit Klopapier über den Wunden rumgelaufen.«

»Haben Sie die Mädchen oft geschlagen?«

»Na klar, die brauchten es ja jeden Tag. Oft auch mehrmals am Tag. Sie mussten doch lernen, dass sie tun, was man ihnen sagt. Das kennen diese Schlampen doch nirgendwoher. Irgendjemand muss sie doch erziehen. Dauernd auf der Straße ... von wegen!« Sascha ist sichtlich aufgeregt, fuchtelt mit den Armen in der Luft herum, gestikuliert. Offensichtlich ist er selbst von seinen Worten sehr überzeugt.

Unbeeindruckt macht der Staatsanwalt weiter.

»Haben Sie die Mädchen mit der Hand geschlagen?«

»Nein, nur selten, und dann mit der Faust. Meistens nahm ich meinen Stock, den ich mir eigentlich für den Hund zugelegt hatte. Aber die Mädchen brauchten die Schläge ohnehin viel dringender als er.«

»Waren die Mädchen Tag und Nacht im Bad?«

»Die meiste Zeit schon. Außer wenn meine Mutter oder meine Schwester aufs Klo mussten oder baden wollten. Da nahm ich sie mit auf mein Bett. Dann mussten sie zeigen, was sie konnten. Doch die waren ja noch viel zu blöd dazu, ich musste ihnen erst einmal alles beibringen.«

»Waren die drei Mädchen, von denen wir sprechen, noch Jungfrauen?«

»Ja, die schon.«

»Dann können sie ja so verdorben nicht gewesen sein, wie Sie behaupten.«

»Doch, doch ... die haben alle gern mitgemacht, ich glaube ganz fest, dass sie Spaß hatten. Sie haben ja auch schnell gelernt, die Luder.«

Der Staatsanwalt muss sich sichtlich beherrschen, diesem Mann zuzuhören, der seelenruhig erzählt, welche Pein die

Das Opfer Anastasia Bornajewa

jungen Mädchen über sich ergehen lassen mussten. Die Sekretärin starrt nur noch auf ihren Block und notiert jede Aussage; sie kann und will dem Häftling nicht mehr in die Augen sehen.
»Bekomme ich heute gar keine Zigaretten, Herr Staatsanwalt? Gerade heute, wo ich Ihnen so viel erzähle?«
»Sie wissen doch, ich bin Nichtraucher, ich habe keine Zigaretten dabei.«
»Dann erzähle ich auch nichts mehr, wenn ich keine Zigaretten bekomme.«
Als würde Sascha seine Drohung wahr machen wollen, steht er auf. Doch die beiden Polizisten hinter ihm drücken ihn wieder auf seinen Stuhl. Einer der Polizisten sagt, er habe Zigaretten dabei und Sascha könne welche haben. Nachdem der Staatsanwalt sein Einverständnis gegeben

hat, reicht er Sascha die Packung. Der nimmt sich eine Zigarette heraus und steckt die Packung in seine Jackentasche. Verdutzt blickt der Polizist auf die Tasche, rührt sich aber nicht.

»Sagen Sie uns doch einmal, war es für Sie von besonderem Reiz, dass die Mädchen noch so jung waren?«
»Nein, Herr Staatsanwalt, das war es nicht. Aufregend war, dass es drei auf einmal waren, das hatte ich nämlich noch nicht gehabt. Sie glauben gar nicht, was man da alles sieht. Jede ist doch anders von diesen Schlampen. Das hat mich ganz besonders gereizt.«
»Was soll das heißen, jedes Mädchen war anders, es waren doch allesamt junge Mädchen?«
»Ach was, Sie haben doch gar keine Ahnung. Jeder Mensch ist anders, wenn er Angst hat. Angst um das eigene Leben verändert die Menschen ... da ist keiner mehr wie der andere.«
»Das verstehe ich nicht ganz. Wussten die Mädchen denn schon von Anfang an, dass sie sterben müssen?«
»Von der ersten Minute an wussten sie es. Ich habe ihnen doch immer wieder gesagt, dass sie nett zu mir sein müssen, wenn sie nicht lange leiden wollen. Ich habe ihnen auch gesagt, dass sie Schmerzen leiden müssen, wenn ich nicht zufrieden mit ihnen bin. Eine von ihnen – ich glaube, es war Anastasia – wollte einmal nicht so, wie ich wollte, da habe ich sie vor den anderen Mädchen in die Badewanne gelegt und ihr den Oberschenkel aufgeschnitten. Ich kann Ihnen sagen, das hat ausgesehen wie nach einer richtigen Schlachtorgie.«
Längst fragt der Staatsanwalt nichts mehr, denn man spürt deutlich, wie viel Freude es Sascha bereitet, zu erzählen. Er steigert sich immer mehr hinein. Noch einmal lässt er

die grauenvollen Stunden in seinem Bad vor seinem inneren Auge wie einen Film ablaufen, und es ist mehr als deutlich, wie viel Lust ihm dieser Film bereitet.
»Soll ich denn nicht erzählen, wie es weiterging?« Sascha drängt und blickt den Staatsanwalt fragend an – der nickt nur.
»Das Tollste aber war, als eines der Mädchen aus der Wanne wollte. Die Mädchen waren ja alle in der Badewanne. Wie sie über den Rand der Wanne steigen wollte, ich hatte gerade die Hand an ihr dran, und das hinderte sie wohl etwas, stürzte sie und fiel kopfüber auf den Fliesenboden vor der Wanne. Als sie aufstehen wollte, schrie sie fürchterlich. Ich sagte zu ihr, sie solle sich nicht so haben. Aber als ich ihre Beine ansah, sah ich, dass sie sich wohl eines gebrochen hatte... Die Mädchen haben sie dann verarztet, sie nahmen einen Besenstiel und banden Tücher um ihr Bein. Danach hat sie wenigstens nicht mehr so geschrien. Wir hatten noch etwas Spaß in der Wanne, aber irgendwie verging er mir, als das Mädchen auf der Kloschüssel mit ihrem ausgestreckten Bein saß und dauernd heulte. Glauben Sie, das ist lustig? Für mich war es das ganz bestimmt nicht. Aber dafür, dass sie mir meine Freude verdarb, musste sie auch ganz schön büßen. Als ich ihr sagte, dass mir keine so leicht davonkommen würde, die mir meine Freude verdirbt, wusste sie wenigstens, wie sie sich für die Zukunft verhalten muss. Natürlich auch die anderen Mädchen.«
»Und wo waren Ihre Schwester und Ihre Mutter zu diesem Zeitpunkt, als das Mädchen so schrie?«, hakt der Staatsanwalt ein.
»Wo wohl, in der Küche natürlich!«
»Und die haben nichts unternommen?«
»Was unternommen? Was glauben Sie, was die erst Prügel

bezogen hätten, wenn sie mich gestört hätten.« Sascha blickt ungläubig ins Gesicht des Staatsanwalts. Diese Frage versteht er nicht.
»Haben Ihre Mutter und Ihre Schwester öfter von Ihnen Prügel bekommen?«
»Klar. Die brauchten es schon öfter, das dürfen Sie mir glauben.« Dann fügt er hinzu: »Wollen wir jetzt über die Mädchen reden oder über meine Mutter und meine Schwester? Darüber erzähle ich nicht gern, verstehen Sie?«
»Erzählen Sie uns also weiter von den Mädchen.«
»Es machte richtig Spaß, drei Mädchen auf einmal zu haben. Oft wusste ich gar nicht mehr, was mir noch alles gefallen könnte, denn die Mädchen wurden immer netter zu mir, je böser ich wurde. Nur das Mädchen mit dem gebrochenen Bein wurde immer komischer. Sie weinte immer und wollte bei unseren Spielen nicht mehr mitmachen. ›Bitte warte, bis mein Bein wieder geheilt ist, dann mache ich auch gern wieder mit‹, sagte sie. Und da wurde ich wütend.«
»Wie, wütend? Was haben Sie denn dann mit dem Mädchen gemacht?«
»Gar nichts. Was will man schon anfangen mit so einem Mädchen. Doch ich hatte trotzdem eine gute Idee. Aus dem Küchenschrank holte ich mir einen großen Zettel und schrieb darauf: ›Heute Schlachtfest‹. Die Mädchen verstanden anfangs nicht, was ich damit meinte. Doch glauben Sie mir, ich habe es ihnen sofort erklärt. Ich sagte zu ihnen, die Anastasia, die liebt mich nicht mehr, denn sie weint und schreit immerzu. Ich verkündete den Mädchen, dass ihre Freundin heute sterben werde. Sie wollten es anfangs nicht glauben, doch ich sagte ihnen: Wer mich nicht mehr liebt und nicht macht, was ich will, der muss eben sterben. Da waren sie doch ein wenig geschockt. Warum, weiß ich

heute noch nicht, denn ich sagte ihnen noch, dass die Anastasia in uns weiterleben wird. Dann ist das doch gar nicht so schlimm.«

Längst wäre bei einer Vernehmung dieser Art eine Pause angebracht gewesen, aber dies ist die Stunde des Sascha Aleksander Spesiwtsew. Die Stunde seines Geständnisses. Seine Finger spielen nervös auf der Tischplatte, dann steht er auf und gestikuliert wie ein Schauspieler. Der Staatsanwalt und alle Beteiligten merken, wie wichtig es diesem Menschen ist, alles zu erzählen. Bis zum heutigen Tag ist Sascha ein ruhiger, beherrschter Häftling gewesen, doch nun kann er seinen Eifer nicht mehr in Zaum halten. Unentwegt zucken seine Mundwinkel, die Augenlider flattern, Speichel tropft zu Boden.

Der Staatsanwalt fragt dennoch ungerührt: »Und wie ist dieses Schlachtfest dann abgelaufen?« – In dem Moment steht seine Sekretärin ruckartig auf, ihr Stuhl kippt nach hinten um. Dann rennt sie, die Hand vor den Mund gepresst, aus dem Raum.

»Ich erklärte den Mädchen, dass ich nun ihre Freundin am Bein operieren müsse, um sie endlich von ihren Schmerzen zu befreien. Wir legten sie auf den Badewannenrand. Mit einem Fuß musste sie sich in der Wanne abstützen, damit sie nicht hineinfiel. Die Mädchen mussten sie festhalten und ihr den Mund zuhalten, denn sie schrie fürchterlich, als sie mein Schlachtermesser sah, das ich aus der Küche geholt hatte. Die Mädchen waren nicht mehr in der Lage, sie ruhig zu halten, obwohl sie es ja versuchten. Ihr Körper bäumte sich immer wieder auf, wie sollte ich ihr da helfen? Da konnte ich den Mädchen gar keine Schuld geben, die waren wirklich nicht schuld, dass sie nicht ruhig blieb. Immer wieder sagte ich ihr, sie solle sich nicht so haben, aber sie wollte es nicht anders. Inzwischen schrie sie so laut, dass ich doch Angst bekam, die Nachbarn würden etwas mitbekommen.«

»Was haben sie dann mit diesem Mädchen getan?« – Der Staatsanwalt fragt zögernd. Er will es nicht wissen. Aber es ist sein Beruf.

»Ich musste sie irgendwie zum Schweigen bringen. Narkosemittel hatte ich keine, also habe ich ihr die Kehle durchgeschnitten und den Kopf gleich ganz abgetrennt. Ich wollte meine Ruhe, verstehen Sie, nur so wusste ich, dass sie ruhig bleiben würde und ich keine Angst vor den Nachbarn haben muss. Das hatte ich schon so oft gemacht...« Sascha bricht seine Erzählung plötzlich ab, er denkt nach, steht ganz still, um wenige Momente später fortzufahren.

»Das ging ruck, zuck!« Er sieht den Staatsanwalt an. Keine Reaktion. »Das glauben Sie nicht, wie schnell das ging... Die beiden Mädchen kreischten und drängten sich in eine Ecke der Wanne. Ich glaube, das hat sie geschockt. Ich sagte ihnen, wenn ich wegen ihnen Probleme mit den Nachbarn bekäme, würde ich ihnen allen den Kopf abschneiden. Sie sollten einfach nur ruhig sein und mit mir alles genießen. Es war doch auch für sie schön, da bin ich mir ganz sicher.«

Sascha wartet auf eine Frage des Staatsanwalts, doch der ist durch das Gehörte wie versteinert. Er will keine Fragen mehr stellen. Er will nichts mehr hören. Er kennt die Bilder, die man von den Leichen gemacht hat, er kennt das Mädchen, das noch wenige Stunden überlebt hat. Er will nichts mehr wissen. Doch er weiß auch, dass er diesen Häftling jetzt nicht unterbrechen darf. Viel zu wichtig sind die Ausführungen, als dass er jetzt alles hinschmeißen könnte. Er will, dass dieser Mann schnellstmöglich verurteilt wird – und zwar wegen Mordes an mindestens

neunzehn Mädchen. Also bedeutet er ihm, fortzufahren. Er braucht Saschas Ausführungen. Er braucht sie dringend. Er braucht jedes Detail, jetzt, in dieser Minute, um ihn später anklagen zu können.
»Und danach ließen Sie die Mädchen zusammen mit ihrer toten Freundin im Bad?«
»Was hätte ich denn sonst machen sollen, sie vielleicht mit ins Bett nehmen?«
»Dann schliefen Sie seelenruhig ein?«
»Nein. Ich hatte meinen Hund vergessen, der war die ganze Zeit im Wohnzimmer. Ich holte ihn und sperrte ihn zu den Mädchen, da war es auf einmal ganz ruhig im Bad. Denn mein Hund mag es nicht, wenn man weint, da beißt er schon mal zu, und das wussten die Mädchen ja.«
»Dann schliefen Sie in Ihrem Bett?«
»Klar, nun war ja endlich Ruhe. Das ›Schlachtfest‹ hatte mich ja auch ganz schön mitgenommen. Ich war auch noch voller Blut. Ich hätte mich gern gewaschen, aber in die Badewanne konnte ich ja nicht hinein.«
»Spesiwtsew, es ist ziemlich spät geworden. Würden Sie uns die Geschichte morgen weitererzählen?« Damit steht der Staatsanwalt entschlossen auf und packt seine Sachen zusammen.
»Sicher, aber nur, wenn Sie Zigaretten mitbringen lassen.« Die Befragung der Staatsanwaltschaft ist für diesen Tag beendet. Ohne ein Wort zu verlieren, bauen die Männer die Ton- und Filmanlage ab und verlassen eilig den Raum. Sascha verabschiedet sich von seinen Zuhörern, doch niemand erwidert seine Gesten.

Der nächste Tag

Wieder wird Sascha Spesiwtsew aus seinem dunklen Loch geholt. Wieder wird er in das Vernehmungszimmer gebracht. Wieder sind neben dem Staatsanwalt weitere Männer – Polizisten und Wärter – im Raum anwesend. Nicht mehr anwesend ist die Sekretärin, sie wurde durch einen Mann ersetzt. Unsicher blickt der neue Sekretär von seiner Schreibmaschine auf, als Spesiwtsew hereingeführt wird. Vor ihm, auf dem Tisch, an dem er gemeinsam mit dem Staatsanwalt und dem Mörder sitzen wird, liegt eine Packung Zigaretten. Spesiwtsew setzt sich hin, ihm genau gegenüber, was dem Schriftführer nicht ganz recht ist. Doch der Häftling blickt ihn freundlich an und greift nach den Zigaretten, bricht die Packung auf und zieht eine heraus. Dann lässt er sich Feuer geben, während sich der Staatsanwalt setzt.

»Nun, Spesiwtsew...« – der Staatsanwalt wiederholt ganz kurz, was sie am Tag zuvor besprochen haben und wo Sascha fortfahren soll. Der Angesprochene inhaliert tiefe Züge und macht es sich in seinem Holzstuhl bequem. Mit einer kurzen Geste deutet er an, alles verstanden zu haben. Er räuspert sich kurz, schnippt Asche von der Zigarette in einen runden, schlichten Aschenbecher und setzt sich gerade hin. Dann spricht er, und fast sieht es so aus, als würde er die Aufmerksamkeit, diese Spannung unter den Anwesenden, genießen.

»Ich hätte da vorher noch eine Frage an Sie, Herr Staatsanwalt. Wenn ich nach dem Prozess erschossen werde, sind Sie da anwesend?«

»Eigentlich nicht, warum?«

»Weil ich schon gerne möchte, dass Sie dabei sind, denn dann kann ich nicht gequält werden. Ich habe nämlich

schlimme Gerüchte darüber gehört, was da schon alles geschehen sein soll. Versprechen Sie mir, dass Sie dabei sein werden?«
»Mal sehen, was ich tun kann. Letztendlich entscheidet das Gericht, wer bei Hinrichtungen dabei sein darf. Aber ich werde sehen.«
»Nein, nein, das müssen Sie mir schon versprechen. Dafür verspreche ich Ihnen auch, alles zu sagen, was Sie von mir wissen wollen.«
»Also gut, ich verspreche es Ihnen, wenn ich die Genehmigung dafür vom Gericht bekomme. Aber das wird schon in Ordnung gehen.«
Ein sichtlich erleichterter Sascha nimmt seine Erzählungen vom Vortag wieder auf.
»Ich... nun, ich bin dann am Morgen aufgewacht und habe zuerst meinen Hund rausgelassen. Der will ja auch nicht den ganzen Tag im Bad verbringen. Etwas schimpfen musste ich aber schon mit ihm, denn er hatte wohl aus Hunger an dem toten Mädchen herumgefressen. Nicht schlimm, aber das darf er eigentlich nicht ohne meine Erlaubnis. Und Sie wissen ja – ein Hund muss merken, was er darf und was nicht.«
Asche fällt in den Aschenbecher. Im Raum ist es totenstill. Der Sekretär schluckt mehrmals.
»Ich habe dann eben erledigt, was es an so einem Tag zu erledigen gibt. Meiner Mutter habe ich gesagt, wann ich mit dem Zerteilen der Leiche fertig sein werde und wann sie mit dem Kochen anfangen kann. Dann bin ich wieder ins Bad gegangen und habe den beiden Mädchen gesagt, sie sollen mir helfen, ihre tote Freundin zu zerteilen. Die haben vielleicht geschaut. Dabei muss man das doch, so ein Körper passt doch in keinen Topf rein. Ja, und dann haben wir sie zerschnitten – die meiste Arbeit blieb natürlich an mir

hängen, denn die beiden mussten sich immer wieder übergeben, so oft ich sie auch geschlagen und getreten habe. Die eine wollte sich sogar in einer Ecke verkriechen. Doch da bin ich wirklich wütend geworden, habe sie gepackt und geschrien, sie solle sofort wieder an die Arbeit gehen, sonst würde ich den Hund auf sie hetzen. Irgendwie war es dann so laut, dass niemand mehr was verstanden hat. Also musste ich den Hund auf die hetzen, deren Arme ich gerade festhielt. Und der ist wirklich scharf, der hat sie am Fußknöchel gepackt und fest zugebissen. Dann habe ich mich der anderen zugewendet, ich ging zu ihr und schlug ihr ins Gesicht. Und dabei muss ich meinen Hund vergessen haben, der ja immer noch den Befehl hatte, auf die eine loszugehen. Plötzlich wurde es still im Raum. Komisch, denke ich mir noch und drehe mich um – und da sehe ich, wie der blöde Hund ihr in den Hals gebissen hat. Sie röchelte und gurgelte und rief nach ihrer Mutti – dabei war die doch gar nicht da! Ich war doch da! Und ich vertrieb doch auch den Hund... Ach, könnte ich noch mal Feuer haben, bitte.«
Niemand rührt sich. Schließlich gibt ihm der Staatsanwalt Feuer.
»Danke, so kann ich viel besser erzählen. Also, wo war ich stehen geblieben? Ach ja, ich vertrieb den Hund und schaute mir die Bescherung an. Regungslos lag sie da – wahrscheinlich ein Trick, dachte ich mir und stieß mit dem Stiefel an ihren Kopf, um herauszufinden, was da vorging. Sie röchelte leise, aber sie rührte sich nicht. Ihre Freundin kroch wimmernd zu ihr hin, wohl eine Art Schauspiel, um mich milde zu stimmen. Doch da kannten sie mich schlecht – mir gefiel das nicht, was sie da machten, also schlug ich der Kleinen aus der Ecke noch mal mit der Faust ins Gesicht. Irgendwie blutete sie zwar überall, doch wir waren ja im Bad...«

Der Sekretär würgt und erbricht sich dann kurz und heftig direkt in seine Schreibmaschine. Dann schreit er Spesiwtsew an: »Du...«, springt auf und fällt über ihn her. Schnell löst sich die Erstarrung der anwesenden Wärter, und sie trennen die beiden voneinander. Der Sekretär wird mit Tränen in den Augen aus dem Raum geführt. Noch einmal geht die Tür auf, und jemand holt die Schreibmaschine.
Dann sagt der Staatsanwalt: »Entschuldigen Sie, aber dem Mann sind wohl die Nerven durchgegangen.«
»Ich verstehe das zwar nicht, aber gut... ich soll bestimmt weitererzählen, oder?«
Der Staatsanwalt nickt. Sascha grinst und fährt fort, nachdem er sich eine neue Zigarette anzünden ließ.
»Die beiden hatten sich dann in die Ecke direkt neben den Badeofen verkrümelt. Die, die der Hund gebissen hatte, rührte sich kaum. Ich packte sie und schob sie in die Ecke, wo sie regungslos liegen blieb, wahrscheinlich weil sie sich an der Wand gestoßen hat. Ich gab ihr noch einen Tritt, aber ich glaube, das hat ihr gar nichts mehr ausgemacht. Das konnte ich doch nicht auf mir sitzen lassen!
Irgendwann waren beide ganz ruhig, glaube ich. Ich habe mich ein wenig gewaschen, das Blöde war nur, da lag noch immer ihre Freundin oder was noch von ihr übrig war. Weil mit ihr nichts mehr anzufangen war, zog ich sie an den Beinen zur Badewanne und warf sie zu den Resten ihrer Freundin. Da schrie mich Olga aus der Ecke an: ›Sie ist doch längst tot, lass sie doch in Ruhe!‹ Da war ich doch etwas erschrocken! Ja, ich war richtig wütend, weil doch nur ich zu bestimmen habe, wann meine Freundinnen tot zu sein haben. Ich wusch meine Beine ab, die waren ja voller Blut, und zog mir eine Schlafanzughose an. Beleidigt, aber nicht ohne mit dem Fuß noch einmal nach Olga

zu treten, verließ ich wortlos das Bad. Ich holte meinen Hund und legte mich ins Bett.
Das war mir zum ersten Mal widerfahren, dass nicht ich über die Mädchen bestimme. Und so dauerte es auch eine längere Zeit, bis ich richtig einschlief.
Doch ich konnte nur ein paar Stunden schlafen. Es ließ mir alles keine Ruhe. So zog ich mich wieder aus und begab mich nackt zurück ins Bad. Ich wollte doch nicht meine Kleider versauen, ich wusste doch, wie es im Bad aussah, und vielleicht hatte ja Olga noch Lust auf ein paar schöne Stunden, so wie ich.
Aber ich hatte mich getäuscht. Sie saß noch immer völlig apathisch in ihrer Ecke und sah zur Badewanne. Auch mir gefiel der Anblick nicht. Da erinnerte ich mich, dass wir vom letzten Tünchen noch blaue Farbe übrig hatten. Ich holte den Kübel mit Farbe aus dem Keller, füllte die Badewanne mit Wasser und goss die Farbe hinein. Sie glauben es nicht, aber es war ganz lustig. Auf einmal wurde das Wasser violett. Noch lange sah ich mir dieses Farbenspiel an, dann bin ich in die Küche zu meiner Mutter gegangen. Da habe ich ihr dann alles erz... nein, darüber möchte ich nicht sprechen. Ich ging aus der Wohnung und verschloss die Tür. Ich nahm meinen Hund an die Leine und ging spazieren, um etwas frische Luft zu schnappen. In der Wohnung hat's zuweilen ganz schön gestunken.«
»Wann sind Sie zurückgekommen?«
»Am Nachmittag. Ich schaute zuerst ins Bad, holte mir Olga heraus, sperrte die Tür wieder ab und schleifte sie aufs Sofa. Da habe ich dann mit ihr gespielt, nur ein bisschen. Sie schrie, immer lauter, und ihre Füße zappelten, doch da saß ich ja drauf, und ihre Hände hatte ich vorsorglich zusammengebunden. Dann blutete sie kurz aus

dem Mund und wurde ohnmächtig. Wie sie so dalag, sah sie ganz schön mitgenommen aus. «
Spesiwtsew überlegt kurz und erzählt dann weiter:
»Dann ruhte ich mich auf dem Bett aus, bis meine Mutter kam. Die kochte einzelne Stücke, schälte das Fleisch ab und machte irgendwas zu essen daraus, ich glaube, eine Suppe. Als sie fertig war, holte ich den Hund, und ich setzte mich mit Olga an den Tisch. Mutter brachte das Essen, und die Kleine schien irgendwie nicht zu bemerken, was sie da löffelte. Also sagte ich es ihr, und sie spuckte mir die ganze Bude voll. Machte aber nichts, zu dem Zeitpunkt sah es sowieso aus ... das kann man sich nicht vorstellen. Aber darauf kommt es ja nicht an, jedenfalls nicht, wenn man solchen Besuch hat. Nun denn – in den nächsten Tagen war ich etwas nervös, deshalb holte ich mir lieber kein Mädchen mehr. Und die, die ich bei mir hatte, die taugte ja nicht mehr viel. Sie aß nichts. Es war einfach nichts reinzukriegen in sie, also stopfte ich ihr am nächsten Abend das gebratene Fleisch ihrer Freundin einfach in den Hals. Man muss doch essen! Ich sagte ihr das immer wieder, doch sie wollte nicht, und fast wäre sie daran erstickt. Doch ich hab's schließlich geschafft, aber erst, nachdem ich mit Schlimmerem gedroht hatte.«
»Was geschah dann bis zu dem Tag, an dem wir die Wohnung aufgebrochen haben?«
»Das war ja schon zwei Tage später. Ich sagte der Kleinen am nächsten Tag noch, dass sie morgen drankommen werde, dass ich sie da, also ... verarbeiten würde. Aber die hat das gar nicht mehr mitgekriegt, die war irgendwie ganz still und hatte starre Augen. Nicht mal mehr mein Hund wollte sie beißen. Blödes Ding. Als wären die Batterien leer gewesen. Am nächsten Tag dann wollte ich sie mir gerade auf dem Sofa zurechtlegen, als sie mich mit

ihren Füßen ganz grob in den Magen stieß. Ich wurde natürlich wütend – das mir, der ich sie ernährt hatte! – und verdrosch sie ganz hart, bis sie schniefend und blutend am Boden lag. Ich packte sie, zog sie zurück aufs Sofa und stach mehrmals mit meinem Messer auf sie ein. Und dann hörte ich den Tumult an der Tür und sah, dass mit unserer Heizung etwas nicht in Ordnung war. Sie kennen das ... man wird unruhig und versucht noch, die Wohnung irgendwie zu säubern, weiß aber nicht, wo man anfangen soll. Überall lagen sie verstreut, selbst in ihrem Tod noch machten sie der Welt Schwierigkeiten. Also bin ich abgehauen und ...« – Spesiwtsew zögert, als er bemerkt, dass plötzlich Leben in den Staatsanwalt zurückgekehrt ist.
Mit einem schnellen Ruck steht dieser auf: »Abführen!«

Familie Baraschkina

Die Wachmänner greifen nach Spesiwtsew, der noch seine Zigarette zu Ende rauchen will, nehmen ihm diese aus der Hand und zerren ihn aus dem Zimmer. Langsam, ganz langsam geht der Staatsanwalt ebenfalls hinaus. Die Techniker bauen die Apparate ab und verschwinden.

Saschas Mutter im Lager

Ein älterer Herr, Mitte sechzig, die Brille fast auf der Nasenspitze sitzend, verlässt das Gelände der Strafanstalt von Nowokusnezk. Kopfschüttelnd geht er durch das riesige Eisentor des Lagers. Nennen wir ihn Jurij, er möchte nicht mit dem Fall in Verbindung gebracht werden, dabei ist er einer der angesehensten Psychiater, die das Land zu bieten hat. Man merkt ihm an, welch seelischer Druck auf ihm lastet. Vermutlich war es sein letzter Besuch in diesem Lager, bei einer Gefangenen, die des Kannibalismus angeklagt ist. Langsam, fast behäbig geht er mit seinem westeuropäischen Begleiter den Berg zur Hauptstraße hinauf. Man merkt ihm die Anspannung des Tages an.
»Verzeihung, was haben Sie heute von der Mutter Saschas erfahren?«, versucht man das Gespräch in Gang zu bringen.
»Na, was wohl, wenn Sie immer nur ständig wiederholt, sie wolle nicht sterben?«
»Sonst erzählt Sie Ihnen nichts?«
»Nein, gar nichts, Sie will nur wissen, ob sich die Staatsanwaltschaft an ihr Versprechen hält, für Sie nicht die Todesstrafe zu beantragen.«
»Darf ich Ihnen eine ganz private Frage stellen?«
»Ja, natürlich, welche denn?«
»Wie verkraften Sie selbst seelisch die Anforderungen all dieser Sitzungen, noch dazu, wo Sie doch auch eine Tochter haben?«
»Das fragen ausgerechnet Sie mich, der tausende Kilometer Flug hinter sich bringt, um über diese Menschen zu berichten, die es nicht wert sind, in nur einer Zeile der internationalen Presse überhaupt erwähnt zu werden. Ich muss meine Arbeit tun, Sie tun es aus Neugier an Menschen, die sich an Grausamkeiten ergötzen. Sie befriedigen

sich mit ihren Lesern an menschlichen Abartigkeiten und vergessen dabei, dass all diese Gräuel jedem von uns schon morgen widerfahren können.«
»Dem muss wohl widersprochen werden. Sie versuchen mit Ihrer Arbeit für das Gericht Licht ins Dunkel zu bringen; gestatten Sie uns doch, dasselbe zu tun und der Öffentlichkeit darüber zu berichten.«
»Na gut, Sie haben ja Recht, nur verstehen Sie bitte auch, dass solche Fälle nicht spurlos an einem vorübergehen und man deshalb vielleicht etwas lauter wird.« Ohne eine Antwort abzuwarten, fährt er fort: »Diese Monster zu verstehen heißt in Ihren Geist einzudringen, die Kruste der Gefühllosigkeit zu durchbrechen. Das ist das Ziel meiner Besuche. Ob mir das bei dieser Frau gelungen ist, wage ich zu bezweifeln. Ihre Schale ist sehr hart, und daher ist es sehr schwer, ihre Gefühle zu ergründen, ja zu verstehen, warum Sie bei all diesen schrecklichen Taten mitgemacht oder sie auch nur geduldet hat. Man erschrickt über die Ruhe, die diese Frau umgibt, die Stille ihrer Seele, das Unnahbare. Der Schrecken ihrer Taten umhüllt sie wie ein schwarzer Mantel. Auf diesem steinigen Weg zur Hölle Mensch begegnet einem die tiefste Finsternis. Alle Mächte der Finsternis tun sich auf und versuchen einen zu verschlingen. In meinem Beruf stoße ich sehr oft an die Grenzen des Vorstellbaren, doch dieser Fall hat alle Grenzen gesprengt.
Wenn Sie mehr über diese Frau erfahren wollen, müssen Sie sich bis zur Hauptverhandlung gedulden. Da hören Sie dann wohl, wie ich über diesen Menschen denke.«
Wie man es auch anstellt, er duldet keine Fragen mehr. Er bleibt freundlich und zuvorkommend, aber man merkt ihm an, er will sich entspannen, loskommen von diesen Dingen, die seine Seele belasten.
»Wollen wir nicht einen Wodka trinken gehen?«

»In Ordnung, ein Glas geht, aber bitte keine Fragen zu Frau Spesiwtsew, okay?«
»Natürlich.«
Der Herr Professor ist sichtlich froh über die Einladung. Durch enge Straßen fährt er das Auto zielstrebig zu einem kleinen Café, das eindeutig zu den besseren der Stadt zählt.
Gerade hat die Tür geöffnet, da hört man schon die Willkommensgrüße. Lässig hebt er die Hand, und obwohl das Lokal bis auf den letzten Platz voll besetzt ist, werden am besten Tisch zwei Stühle frei gemacht. Ein illustrer Kreis empfängt die neuen Gäste. Wie immer mit einem gefüllten Glas Wodka, das der Herr Professor, vergnügt allen zuprostend, zum Munde führt.
»Na sdrowie«, ruft er den Freunden zu und sieht seinen Gast von der Seite mit einem Ausdruck der Skepsis an.
»Hier können Sie die Seele Sibiriens studieren, hier sind Sie alle, die Revoluzzer der Geschichte und die, die es gern sein möchten, die intellektuellen Studenten, die Kommunisten, Fanatiker – halt alle, die intelligent genug sind, ihre Meinung frei zu äußern.«
Als er voller Stolz erzählt, dass sein Gast aus Westeuropa kommt, wird es seltsam ruhig im Lokal. Einer der Gäste fragt, vorsichtig auf den Professor blickend: »Was will ein Europäer in dieser gottverlassenen Gegend?«
»Den Herrn Professor kennen lernen«, ist die feste Antwort des Psychiaters, und dabei muss er herzhaft lachen.
Es bedarf vieler Erklärungen, bis sich die überaus freundlichen, aber doch skeptischen Leute mit den Erklärungen des angesehenen Psychiaters zufrieden geben. Schon bald merke ich, dass ich nicht der Einzige bin, den interessiert, was der Herr Professor im Falle Spesiwtsew zu berichten weiß.

Die Aufklärung dieser Tragödie um den Kannibalen Sascha Spesiwtsew hat Einblicke in die tiefsten Abgründe des Menschen eröffnet. Niemand hier kann verstehen, warum diese Kannibalenfamilie so lange unbehelligt bleiben konnte. Und warum ist die Aufklärung des Falles so schleppend vorangegangen?
Normalerweise führen die Spuren in ähnlich gelagerten Fällen immer wieder zu den Einflussreichen dieser Stadt, und meistens versickern sie auch dort. Das ist alltäglich geworden, es kümmert kaum jemanden. Doch dieser Fall ist einer der Grauen erregendsten, von denen die Bevölkerung je gehört hat. Man hat wohl gelesen, dass es solche Vorkommnisse in Sibirien geben soll, aber in der eigenen Stadt, das hätte wohl niemand geglaubt.
Die Freunde des Professors stellen nur immer wieder eine Frage: Was gibt es Neues in diesem Fall, der die ganze Stadt in Atem hält? Der Professor lächelt seinen Gast an, als wollte er sagen, nun bleibt mir ja wohl nichts anderes übrig, als unsere Vereinbarung zu brechen und doch darüber zu erzählen.
»Ich war heute zum letzten Mal bei Saschas Mutter, bevor ich mein Gutachten über sie schreiben werde. Ich habe keine Lust, mich hier und heute über das Unfassbare auszubreiten. Sie ist dem Bösen schlechthin gleichzusetzen, mit allen Facetten des Grauens. Lange genug hat diese Frau ihre Angel ausgeworfen nach den unschuldigen Mädchen und sich in perversen Wonnen gesuhlt. Die Mädchen machte sie ihrem Sohn zum ›Geschenk.‹ Sie sagt, sie habe das alles aus Liebe zu ihrem Sohn getan. Zum letzten Mal war ich heute in ihrer Zelle«, und man merkt ihm seine Erleichterung an, als er das sagt. »Und nun lasst mich in Frieden, ich habe auch das Recht, in Ruhe ein Glas Wodka zu trinken.«

Ludmilla Spesiwtsew – Komplizin eines Mörders

Saschas Mutter, seine Komplizin, die nur ein paar Stahltüren von Saschas Zelle entfernt inhaftiert ist, hat in endlosen Verhören alles bestritten, was mit den Taten direkt zu tun hat. Im Beisein ihres Sohnes hat sie alle Schuld auf ihn geschoben, und erst als man ihr die Aussage der überlebenden Olga vorhielt, überlegte sie ein paar Tage und kam dann zu dem Schluss, durch ihre Mitarbeit bei den staatsanwaltlichen Ermittlungen der Todesstrafe zu entgehen. Unweit ihrer Wohnung zeigte sie den Beamten schließlich den Ort, wo sie die restlichen Leichenteile vergraben hat. Wie man auf den Videoaufnahmen der Staatsanwaltschaft sehen kann, hat sie den Spaten selbst in die Hand genommen und die menschlichen Überreste ausgegraben.
Sie hat Angst vor der Todesstrafe, die ihr und ihrem Sohn eigentlich gewiss sein müssen. Ihre Tochter hätte nach russischem Gesetz wohl auch die Todesstrafe zu erwarten. Doch bei den Vernehmungen kam den beiden kein Wort über Nadeschda über die Lippen, und auch die Staatsanwaltschaft hat bis zu diesem Zeitpunkt keine einzige Frage gestellt zu der Rolle, die Nadeschda Spesiwtsew in dieser Tragödie gespielt hat.
Ludmilla Spesiwtsew hat gestanden, die Kinder angelockt, ihre zerstückelten Leichen gekocht und die nicht verzehrten Teile beseitigt zu haben. Wie sie aussagte, hat sie die menschlichen Überreste entweder vergraben oder in den Fluss Aba geworfen. Höchstwahrscheinlich stimmt auch ihre Aussage vom Verbleib der Köpfe – bis heute konnte nur einer aufgefunden werden. Ihre ständige Aussage: »Ich habe alles nur aus Liebe zu meinem Sohn getan«, kann in diesem Land kaum einer begreifen. Niemand kann verstehen, was in dieser Mutter vorgegangen sein

muss. Auch sie hat eine Tochter – und sie behauptet, ihre Tochter sei wohlerzogen.

Sitzt man ihr gegenüber, dieser Frau, die einen eiskalten Gefühlsstrom verbreitet, bleibt unklar, wer sie wirklich ist. Ist sie die Urheberin all des Leides oder nur Mitwisserin? Hat sie wirklich alles nur erduldet, aus Liebe zum eigenen Sohn? Ludmilla Spesiwtsew, Ende fünfzig, hatte es nicht immer leicht in ihrem Leben. Sie hat früh geheiratet und zwei Kinder bekommen. Nikolai, Saschas Vater, hat sie und die Kinder fast täglich verprügelt und die Tochter Nadeschda sexuell missbraucht. Als Sascha fünf Jahre alt war, verließ der Vater die Familie. Unterhalt hat er nie gezahlt. Er zog in ein kleines Dorf in Sibirien, und heute, wenn man ihn fragt, ob er verstehen könne, was seine geschiedene Frau, seine Tochter und sein Sohn getan haben, antwortet er nur kurz: »Lassen Sie mich in Ruhe. Das ist alles schon zu lange her. Ich habe in den zweiundzwanzig Jahren alles vergessen, was war. Lassen Sie mich bloß in Ruhe, sonst werde ich ungehalten.«

Für eine allein stehende Mutter ist es sicher nicht leicht, in diesem weltabgewandten Teil der Erde zwei Kinder großzuziehen. Aber warum ließ sie es zu, dass Sascha mit zunehmendem Alter immer brutaler wurde? Bald war es an der Tagesordnung, dass er die Frauen schlug, bei jeder kleinsten Gelegenheit, beim winzigsten Anlass. Für die Mutter gab es immer nur eine einzige Erklärung: »Ganz der Vater.«

Sascha selbst sollte es an nichts fehlen; dafür sorgte seine Mutter. Doch der hübsche Junge mit seinen großen schwarzen Kinderaugen wollte immer nur alleine sein. Nie versuchte er, mit anderen Kindern zu spielen, erinnern sich Nachbarn noch heute. Auch in der Schule war Sascha ein Einzelgänger.

Sein Werklehrer erinnert sich noch heute genau. Geradezu stolz zeigt er das Schulzimmer. »Das ist der Werkraum, in dem ich Sascha als zwölfjährigen Schüler unterrichtet habe«, so Walerij Sewastianow. »Er war ein guter Schüler. Vor allem seine Geschicklichkeit im Feilen und Sägen ist hervorzuheben.«

Sein Gesicht wird nachdenklich, als er fortfährt: »Er hatte etwas Besonderes an sich; er schien irgendwie hinterhältig zu sein, verschlossen und in sich gekehrt. Und das in so jungen Jahren. Er war schon zu dieser Zeit ... irgendein Problem hatte er.«

Fünfzehn Jahre später ist der begabte Junge der bestbewachte Gefangene im Straflager seiner Heimatstadt.

▎Was übrig blieb

In einem einfachen, rot gestrichenen Haus in Nowokusnezk hat die Familie Baraschkina eine kleine, schlicht ausgestattete Wohnung. Im Wohnzimmer hängt ein Teppich an der Wand, direkt darunter steht ein kleiner Tisch. Darauf eine Vase mit künstlichen Rosen. Daneben stehen zahlreiche Bilder, die Bilder eines jungen Mädchens. Es lebt nicht mehr – es ist eines der drei letzten Opfer von Sascha Spesiwtsew. Ihre Mutter, Ludmilla Baraschkina, arbeitet auf einem ländlichen Geflügelhof. Wie es hier fast üblich ist, bekommt sie keinen geregelten Lohn für ihre Arbeit, erhält aber einen Ausgleich in Form von Naturalien, meistens Geflügelbeine. Sie selbst ist froh darüber: »Eine gute Suppe« gebe das wenigstens.
Langsam geht sie zu dem Tischchen, auf dem die Bilder ihrer Tochter stehen. Sie nimmt einen schweren, silbrig glänzenden Rahmen in die Hand und zeigt das eingespannte Bild. »Wir denken jeden Tag, sie muss doch wieder durch diese Tür hereinkommen ... Sie fehlt uns sehr.« Eine Träne fällt auf das Glas, auf das Gesicht der dreizehnjährigen Ženja. Noch eine. Und immer wieder die Frage der Mutter: »Warum?«

Die Gerichtsmediziner haben zweifelsfrei festgestellt, dass es sich bei dem in der Badewanne der Wohnung aufgefundenen Torso um den von Ženja Baraschkina handelt. Dennoch konnten ihre Eltern sie lange Zeit nicht zu Grabe tragen – die Überreste wurden unter Verschluss gehalten. Alles deutete darauf hin, dass das Gericht noch nicht vollends von der Identität des Opfers überzeugt war oder aber den Kopf des Mädchens benötigte, um weitere Untersuchungen vorzunehmen. Dies war immerhin der einzige

Kopf, den man von den Opfern gefunden hatte, sieht man von dem überlebenden Mädchen ab.

Der Vater von Ženja Baraschkina ist ein etwa fünfzigjähriger Mann. Er arbeitet in einer der maroden Fabriken der Stadt. Auch er wartet seit Monaten auf seinen Lohn. Er sitzt mit seiner Frau auf dem kleinen Sofa im Wohnzimmer und weint. Er weint über das Schicksal seiner Tochter – und darüber, wie die Behörden mit seiner Frau und ihm umgegangen sind.
Seine Frau erzählt: »Man sagte mir, was dieses Schwein mit meiner Tochter angestellt hat. Aber die Polizei tröstete uns damit, dass wir froh sein dürften, unsere Tochter wenigstens beerdigen zu können. Andere Familien mussten schon dankbar sein, wenn sie nur einige kleine, kaum identifizierbare Reste erhielten. Die Polizei übergab der örtlichen Verwaltung den Leichnam und den Kopf unserer Tochter. Sehen durften wir sie nicht mehr. Dann bereiteten wir alles für die Beerdigung vor, die musste aber in letzter Sekunde abgesagt werden... man hatte angeblich den falschen Kopf geschickt... als gäbe es so viele zur Auswahl. Der neue Beerdigungstermin wurde dann für den nächsten Tag angesetzt. Als die Zeremonie vorbei war, haben die Beamten noch gescherzt: »Gut, dass wir Ihnen nicht den falschen Körper gebracht haben, sonst hätten sie ihn wieder ausgraben müssen.«

Olga Kaisewa, das blonde, fröhliche Mädchen, wie sie ihre Freundinnen beschreiben, ist das einzige Opfer Saschas, das ihrem Peiniger fast entkommen wäre.
Eine Krankenschwester sagte nach ihrem Tod: »Im Grunde ist es gut für sie, dass sie es überstanden hat. Die Verletzungen, mit denen sie eingeliefert wurde, waren so schwer-

wiegend, dass ein normales Leben für sie nicht mehr in Frage gekommen wäre.«
Sie hatte die Horrorwohnung auf einer Tragbahre lebend verlassen, und doch musste sie auf Grund ihrer schweren Verletzungen siebzehn Stunden später sterben. Heute liegt sie in einem kleinem Dorf, in dem ihre Großeltern leben, begraben. Ein weißer Stein schmückt das kleine Grab. Die schlichte schwarze Tafel mit der Aufschrift ihres Namens gibt keinen Aufschluss darüber, was sie erleiden musste. Nur darüber, dass ihr Leben sehr, sehr kurz war.

In der »Straße der Pioniere« von Nowokusnezk sind die Wohnungen stets sehr gefragt – und doch steht eine seit Monaten leer. Es ist die Wohnung, in der die Familie Spesiwtsew wohnte. Die Eingangstür ist nicht versiegelt, und doch betritt keiner diese Räume. Zehn Monate nach der Verhaftung Saschas und seiner Familie herrscht immer noch ein infernalischer Leichengeruch.
Die direkte Nachbarin der Horrorwohnung, Swetlana M., weiß Folgendes zu berichten: »Einen neuen Mieter für diese Wohnung wird es wohl nie mehr geben. Was hat man schon alles versucht, sie billigst zu vermieten – aber nicht mal Plünderer wollen sie betreten. Wenn man wenigstens das Durcheinander beseitigen würde, das die Polizisten hinterlassen haben... und dann gehört die Wohnung getüncht! Solange die Wände und Decken mit Blut verschmiert sind, geht da doch keiner freiwillig rein! Außer einem Fernsehteam gab es in den letzten Monaten niemanden, der sich für die Wohnung interessiert hätte. Und die wollten ja nicht einziehen...« Dabei lacht sie lauthals, als würde dieses Lachen das Grauen vertreiben, das sich neben ihr abgespielt hat.
Hat sie selbst nie etwas Verdächtiges bemerkt? Hat sie nie

etwas gehört? Ist es möglich, dass sich alle Bewohner dieses Hauses die Ohren zugehalten haben?
Die Nachbarin ist über diese Frage verärgert und holt sich schnell eine weitere Hausbewohnerin zur Seite, sagt dann aber hastig: »Ja, es hat gestunken aus der Wohnung, der Geruch breitete sich im ganzen Treppenhaus aus. Wir fragten uns immer, was die da in der Wohnung wohl machen und wieso es hier so stinkt. Aber wir konnten uns absolut nicht vorstellen, dass sie hier ein Massaker veranstalten und Kinder abschlachten. Das ... das kann sich doch kein Mensch so einfach vorstellen.«
Die Mitbewohnerin fügt hinzu: »Wir haben oft Lärm gehört, Gepolter und das ewige Hundegebell. Sascha hat seine Mutter und seine Schwester häufig geschlagen, deshalb haben wir uns nie etwas dabei gedacht. Wir haben gedacht, der verprügelt sie mal wieder, er reagiert sich mal wieder an seinen Verwandten ab.«
Kann man ihnen das so einfach glauben? Sascha hat in seinen Verhören schließlich immer wieder gesagt, er hätte zuweilen Angst davor gehabt, dass die Nachbarn etwas hören könnten.
»Lassen Sie mir meine Ruhe! Sie sind Ausländer und können gar nicht wissen, wie es hier zugeht. Vor Jahren haben wir schon die Polizei verständigt und sie darüber unterrichtet, dass etwas in dieser Wohnung nicht stimmt, aber wir haben nie eine Antwort erhalten – und getan wurde auch nichts! Was also, frage ich Sie, was also hätten wir tun sollen, wenn sich nicht einmal die Polizei zuständig fühlt?«
Trotzdem: Das Massaker, das Sascha in dieser Wohnung veranstaltet hat, muss die Nachbarn in einer Weise alarmiert haben, die über die von den beiden Frauen als »normal« beschriebenen Gewalttätigkeiten gegen Mutter und Schwester weit hinausging...

»Sehen Sie, daran haben wir auch gedacht. Mein Mann sagte immer, gib Ruhe, vielleicht treiben's die alle zusammen. Früher habe ich darüber gelacht, aber heute, wo ich alles weiß, kann ich natürlich nicht mehr lachen. Man muss ja froh sein, dass einem selbst nichts geschehen ist.« Bestand tatsächlich Gefahr für die Mitbewohner des Hauses? Sascha Spesiwtsew lacht zunächst und sagt dann: »Die beiden Nachbarinnen brauchten bestimmt keine Angst vor mir zu haben. Diese fetten alten Weiber. Das hätten sie vielleicht einmal gerne gehabt, mit einem jungen Mann wie mir. Ihre alten Säcke können wohl nicht mehr.« Heute hat Spesiwtsew ohnehin andere Sorgen – er will seinen Kopf an die Wissenschaft verkaufen.
»Können Sie das nicht organisieren? Im Gefängnis brauche ich Geld für Zigaretten. Vielleicht finden Sie ein Institut, das am Kauf meines Gehirns interessiert ist. Das brauche ich doch nicht mehr, wenn ich tot bin. Ich brauche Geld für Zigaretten. Was mit meinem Kopf geschieht, ist mir egal.« – Sascha, der Händler: So, wie er seine Opfer als seelenlose Ware angesehen hat, betrachtet er sich jetzt im Gefängnis selbst.
Er ist ein geschickter Käufer und Verkäufer. In der Wohnung lagerte Baumaterial, das auf lukrative Geschäfte schließen ließ. Und beide Frauen – sowohl Ludmilla als auch Nadeschda – hatten Arbeit. Es mangelte offensichtlich nie an Geld. Noch heute liegen in der Wohnung Damenschuhe, die durchaus westlichem Standard entsprechen. Lebensmittel haben sich seine Mutter und er stets kaufen können.

Nur wenig erfährt man über Saschas Schwester Nadeschda, die heute siebenunddreißig Jahre alt ist. Die Nachbarinnen des Horrorhauses bestätigen, dass sie sich sehr oft in der Wohnung aufgehalten habe. Doch diese Zeugen wurden nicht vor Gericht geladen. Auch Nadeschda nicht. Sie ist in Freiheit. Sie ist immer noch Angestellte bei Gericht. Ihre Adresse wird geheim gehalten, und bei Nachfragen erhält man deutliche Hinweise: Fragen zu dieser Frau sind unerwünscht. So muss man es als gegeben ansehen, was das Gericht in Nowokusnezk und die psychologischen Gutachten aussagen: dass sie straf- und verhandlungsunfähig und zur fraglichen Zeit psychisch nicht zurechnungsfähig war.

Durch die Notizen, die sich Sascha gemacht hatte, konnten schließlich einige Opfer identifiziert werden. Auch die Ohrringe, die die Mädchen trugen, sowie deren Wäschestücke, die Sascha genau sortiert aufhob, trugen zur Klärung bei. Doch es ist kein Trost für die Angehörigen dieser Mädchen, zu wissen, was mit ihren Kindern geschehen ist. Sie alle möchten eine letzte Ruhestätte für ihre Kinder. Ihre ganze Hoffnung beruhte auf den Ausgrabungen von Saschas Mutter. Doch die Gerichtsmedizin, die im Besitz all dieser Leichenteile und Knochen ist, hat bis heute noch nicht damit begonnen, die Reste den einzelnen Opfern zuzuordnen. Reste, die Sascha Aleksander Spesiwtsew weggeworfen hat. Reste menschlichen Lebens, das von einem Monster dazu auserkoren worden war, sein Spielzeug zu sein. Welches Ungeheuer sich hinter seinem Gesicht verbirgt, kann man nur erahnen. Der Mann, der heute mit ihm Umgang hat, der Leiter der Strafanstalt, sagt über ihn aus: »Sascha wirkt durchaus sympathisch, freundlich und zuvorkommend. Er spricht mit ruhiger Stimme.«

Epilog

Mindestens neunzehn Menschenleben haben Sascha Aleksander Spesiwtsew und seine Mutter auf dem Gewissen. Neunzehn Mädchen, die noch am Anfang ihres Lebens standen, bis sie ihm – dem Vollstrecker des Todes – begegnet sind.
Die Behörden versuchten, den Leidensweg der drei beschriebenen Opfer nachzuzeichnen. Doch vieles blieb offen. Wem die in der Wohnung gefundenen Gegenstände – der Schmuck und die fremden Kleidungsstücke – gehörten, wurde nie völlig geklärt. Von den meisten der ermordeten Mädchen kennt man bis heute nur die Vornamen; man nimmt an, sie sind aus der Stadt Nowokusnezk. Man weiß, welch unvorstellbares Leid sie ertragen mussten. Doch wen interessiert das schon in dieser gottverlassenen Region am Ende der Welt.
Die Körper der Opfer wurden nur zum Teil aufgefunden. Obwohl Sascha sich kooperativ zeigte, hatte niemand wirkliches Interesse daran, die Fälle im Detail aufzuklären. Nie wurde er detailliert nach der Identität der Personen befragt, denen er Gewalt antat. Man fragte nicht nach, man begnügte sich mit den Vornamen, die auf tausende Mädchen passten. Seine Taten und die Art und Weise, wie er sie ausführte, standen im Vordergrund, nicht die Menschen, die sich dahinter verbargen.
Was diese Menschen durchlitten haben, ließ Sascha merkwürdig kalt. Es war ihm gleichgültig. Es interessierte ihn nicht, ob seine unschuldigen Opfer nach einer endlosen Nacht je noch einmal das Licht des Lebens erblicken wollten.
Man hatte Saschas Geständnisse, die er niemals widerrief. Er stand zu seinen Taten, er gab bereitwillig über alles

Auskunft. Für ihn ging es nur noch um Zigaretten. Selbst sein Gehirn wollte er für Zigaretten verkaufen, doch kein gerichtsmedizinisches Institut wollte es haben.

Er sagte: »Vielleicht kann man aus meinem Gehirn erkennen, woher meine Veranlagung kommt, Menschen zu quälen, zu töten und letztendlich zu essen. Was soll ich heute dazu sagen? Die Welt will wissen, warum ich alle gegessen habe. Ich sage es Ihnen: Irgendwann genügte es mir nicht mehr, sie zu vergewaltigen, sie zu schlagen und ihre jämmerlichen Schreie zu hören. Mir war klar, ich hatte sie in meiner Gewalt, die hübschesten Mädchen der Stadt. Diese Mädchen, nach denen sich alle Männer umdrehen und sie doch nicht bekommen. Ich aber hatte sie, so oft und wie ich nur wollte. Was wollen Sie denn, jedermann hat Träume – Träume, die er nie ausleben wird. Ich habe sie alle wahr werden lassen. Ich musste mich nicht anstrengen, um ein Mädchen herumzubekommen. Was mir gefiel, habe ich mir genommen. Ob es den Mädchen gefallen hat, hat mich nie interessiert, die wissen doch bei keinem Mann, was auf sie zukommt. Natürlich war es bei mir extrem, aber ich glaube, ich habe auch schöne Momente mit den Mädchen erlebt.«

»Glauben Sie, dass die Mädchen dies auch so gesehen haben?«

»Solange es um Sex ging, schon. Anfangs erzählte ich ihnen, dass ich sie alles lehren würde, was sie später zu guten Gespielinnen machen würde.«

Diesen Mann kann man nicht angemessen bestrafen, nicht mit irdischem Vollzug. Doch ist die lange Haft in diesem dunklen Schlangenloch, in dieser Höhle der Finsternis, die er seit Jahren bewohnt, nicht zu unterschätzen. Wer kennt seine Träume, seine Gedanken in dieser Finsternis, die Tag und Nacht anhält? Die Augen, die er beim kleinsten

Lichteinfall zusammenzieht, leuchten noch immer, wenn man ihn sieht. Man ist verwundert, wie ein Mensch dieses Elend aushält, in den grauen Mauern aus Stein. Er wirkt schüchtern und gehemmt, steht man ihm alleine gegenüber. Im Gerichtssaal, wo er den Eltern der Opfer gegenübersitzt, wirkt er cool, wartet ab, welcher Journalist sich für seinen Fall interessiert und von wem vielleicht ein paar Kopeken zu bekommen wären. Das Gericht hat an diesem Prozess längst das Interesse verloren. Was will man auch mit hunderten von Zeugen, wenn der Angeklagte ohnehin alles gesteht. Der Staatsanwalt hat keine Beweise beizubringen; alles, was man dem Angeklagten anlastet, gibt er unumwunden zu. Kommt es zu Details, ist das gesamte Gericht froh, dass Sascha nicht die Gelegenheit nutzt, um neue schreckliche Einzelheiten preiszugeben. Es macht ihm Spaß, die Leute mit seinen Ausführungen zu schockieren. Er findet es offensichtlich wunderbar, wenn sich die Zuhörer im Gerichtssaal mit gezücktem Taschentuch zur Seite drehen. Hämisch lachend beobachtet er jeden Einzelnen, mit der Mimik eines Schauspielers, der auf eine wohlwollende Zustimmung seines Regisseurs wartet.
»Er ist längst abgedriftet in eine Welt außerhalb unserer Vorstellungskraft«, sagt ein Psychiater, »in eine Welt des Dunkels, sonst hätte er diese Zeit im Lager nicht überstanden.«
Er vegetiert dahin, dieses Menschen fressende Monster. Dabei muss man seine formvollendeten Manieren und seine schon abstoßende Freundlichkeit, die er an den Tag legt, die er sich bewahrt hat, bewundern. Aber man darf dabei niemals vergessen, dass es gerade diese Freundlichkeit war, die ihm das Vertrauen seiner ahnungslosen Opfer einbrachte.

Spesiwtsew sagt: »Vierundzwanzig Stunden in diesem dunklen Verließ bin ich bei meinen Huren, ich träume nicht nur in der Nacht von ihnen. Immer wieder sehe ich sie vor mir, diese Mädchen mit ihren flinken Händen. Nie hätte ich geglaubt, nur eine Sekunde noch an sie zu denken, doch hier bleibt mir nichts anderes übrig. Ich bin doch vierundzwanzig Stunden am Tag allein in diesem menschenunwürdigen Loch, an was würden Sie denn da denken?«
Noch spricht er voller Verachtung von seinen Opfern. Sie, die unschuldigen Seelen, die er gedemütigt, entwürdigt und bis in den Tod ihres Ichs beraubt hat. Diese Mädchen, die ihm teils über Monate ausgeliefert waren.
Er sieht sich als Oberhaupt einer satanisch-kannibalischen Killersekte, dessen Menschen fressender Gott er selber ist. Emporgehoben durch die Schizophrenie seiner maßlosen Selbstüberschätzung, von der man nicht weiß, ob sie nur vorgetäuscht ist oder ob sie wirklich im Hirn dieses Teufels Einzug gehalten hat. Für ihn, wie er sagt, hatte das Leben schon immer mehr dunkle als helle Seiten. Wen wundert, dass er nur den Sonnenaufgang in der Unterwelt des Bösen sehen durfte. Er erlebte seine Taten, ja er genoss sie. Alle Erinnerungen eines normalen Lebens sind bei ihm verschüttet. Er wird eines Tages in dieser Anstalt seine Strafe – und seine Ruhe – finden. Die Angehörigen der Opfer müssen ein Leben lang ihre Erinnerungen ertragen. Sie schreien ihre Not in das Dunkel der Nacht hinaus, doch niemand erhört sie in der Gleichgültigkeit dieser Zeit. Niemand will mit ihnen fühlen, ihnen helfen in den schwersten Stunden, Tagen und Jahren ihres Leidens, das nie enden wird. Es ist ein Leid, das nicht in Worten auszudrücken ist. Eine Trauer, die nicht in schwarzer Kleidung endet. Ein unendlicher Hass gegen

diesen Menschen. Die Zärtlichkeit und die Liebe ihrer Kinder, die Eltern werden sie nie mehr spüren.
Dieses Genie des Bösen hat alles erreicht: Sascha hat Menschen nicht nur körperlich getötet, sondern auch lebende Menschen geistig zerstört, sie ihrer Sinne beraubt, weil sie nicht verstehen können: »Warum gerade mein Kind?« Jeden Tag, jede Nacht sehen sie die Schrecken vor sich, die diese Kinder erdulden mussten, nur damit sich ein Außenseiter unserer zivilisierten Welt seine monströsen Wünsche erfüllen konnte. Seine Opfer müssten sich im Grabe umdrehen, wenn sie die Worte dieses Satans in Menschengestalt heute hören würden.
In einem Gespräch mit dem Staatsanwalt sagt Spesiwtsew: »Wenn ich nur mehr Zeit gehabt hätte, ich hätte aus meiner Stadt eine saubere Stadt gemacht. Schon bald hätte es keine Huren und Geschlechtskrankheiten mehr gegeben. Alles, ja alles, was schlecht ist, hätte ich vernichtet, ja ausgemerzt. Diesen jungen Ludern wäre es vergangen, unschuldigen Männern Geschlechtskrankheiten anzuhängen. Es sind doch diese jungen Dinger, die die Alten wie die Jungen verrückt machen. Sehen Sie doch, wie sie sich kleiden, dann wissen Sie doch alles. Ich hätte die Menschen gelehrt, wieder auf den Pfad der Tugend zurückzukehren. Ja, ich hätte ihnen wieder die Sittlichkeit, die Reinheit in ihre Leiber gebrannt. Doch ich wusste, dass ich nicht genügend Zeit habe, deshalb habe ich vernichtet, was nicht auf diese Welt gehört. Alles Böse sollte man aus dieser Welt verbannen, alles, vielleicht auch mich.«
»Warum glauben Sie, auch Sie gehören aus dieser Welt verbannt?«
»Weil die Menschheit meine Botschaft nicht versteht. Ich komme lieber später noch einmal zur Welt, da sind die Menschen sicher eher bereit, mich zu verstehen.«

»Sehen Sie sich befugt, junge Menschen zu töten?«
»Ja, unbedingt, denn diese Mädchen gefährden die Moral in unserem Land, weil jede glaubt, es komme nur auf das Eine an.«

Die erstarrten Augen eines dreizehnjährigen Mädchens, des einzigen Opfers, das dem »Tiger von Sibirien« zunächst entkam, wird niemand, der sie sah, je aus seinem Gedächtnis verdrängen können. Nie wird man verstehen können, welche Qualen dieses Kind erdulden musste. Niemand kann die Ängste, die dieses Mädchen durchlitt, auch nur erahnen.
Möge sie in Frieden ruhen, mögen ihre Eltern Recht behalten mit ihrer Hoffnung, dass es noch ein zweites Leben nach dem Tode gibt.

Der Prozess gegen den »Tiger von Sibirien« endete schließlich mit dem Todesurteil für Sascha Aleksander Spesiwtsew. Neunzehn Morde wurden ihm nachgewiesen, doch heute geht man davon aus, dass weitaus mehr Opfer in der Wohnung in der »Straße der Pioniere« geschändet, umgebracht und teilweise verschlungen worden sind. Sascha schreibt in seiner Haft Gedichte und spricht viel über die Gefahren der Demokratie, die er für den Verfall der Sitten verantwortlich macht. Immer wieder betont er, kein Einzelfall zu sein. Die Zeitungsberichte in Sibirien geben ihm leider in dieser Hinsicht Recht. Da ist zu lesen, dass in den letzten fünf Jahren mehr als ein Dutzend Täter des Kannibalismus überführt und dafür verurteilt wurden.
Saschas Schwester ist noch immer auf freiem Fuß. Sie ist unschuldig. Wehe dem, der etwas anderes schreibt und dieses Land noch einmal betreten muss.
Saschas Mutter wurde zu einer lebenslänglichen Haft-

strafe verurteilt. Jetzt, nach ihrer Verurteilung, will sie mit niemandem sprechen, auch nicht mit ihren Mitgefangenen.

Als das Todesurteil für Spesiwtsew verkündet wurde, waren die Zuschauer im Saal, die vielen Angehörigen und die Neugierigen, nicht zufrieden. Der Vater eines der Opfer schrie, als wolle er sein Leid in die Welt tragen:

»Bringt ihn nicht um!
Das ist zu milde für dieses Schwein!
Lasst mich zu ihm, meinetwegen auch im Gefängnis.
Ich bringe ihn um! Ich werde ihn ganz langsam auffressen.
So wie er es mit unseren Kindern getan hat.«

Grabstätte von Olga Kaisewa

Jaques Buval

Der Rucksackmörder

In den Jahren zwischen 1989 und 1992 verschwanden auf dem Hume Highway zwischen Melbourne und Sydney mehrere junge Rucksacktouristen. Die Jugendlichen, u. a. aus England und Deutschland, hatten sich aufgemacht, den fremden Kontinent Australien auf eigene Faust zu erkunden. 1993 fand man ihre grausam zugerichteten Leichen im Belanglo Forest. Schon bald war den Beamten der eigens gegründeten Task Force klar, dass es sich bei dem Täter nur um einen Serienmörder handeln konnte. Ein Zufall brachte die Beamten auf die Spur des Mörders.
Ivan Milat wurde am 22. Mai 1994 verhaftet und zwei Jahre später wegen siebenfachen Mordes zu lebenslänglicher Haft verurteilt.
Die Beweislast gegen Milat ist erdrückend – und doch behauptet er bis heute, unschuldig zu sein.

Weltbild Buchverlag
© 2000 Weltbild Verlag GmbH, Augsburg
144 Seiten, ISBN 3-89604-519-9, Best.-Nr. 593558